사랑하는 데 쓴 시간들

오은경 지음

함께 자라고 함께 쓰던 우리들
그러므로 육아일기는
어린 내 아기를 빌려 나를 쓰는 것

나의 이름 세 글자가 쓰인 다이어리지만

막상 펼쳐보면 나는 온데간데없고,

아이들이 늘 주어 자리를 차지하고 있었다.

나는 근심과 불안 속에서 하루하루를 갉아 먹는데,
아이들의 세계는 탐험과 환희와 명랑함으로 가득했다.

그 어떤 업적과 명예보다 소중한 조각들,

각자 마음에 새겨질 유산들.

그러나 한 해, 두 해 시간의 흐름 속에

휩쓸려 버리기도 쉬운 것들이었다.

나는 서둘러 아직 기록이라는 게 무엇인지,

글자도 신호체계도 모르는 어린 존재들을 대신해

역할을 맡아야겠다고 생각했다.

아이들에 관해 썼다고 믿어왔던
오랜 기록을 갈무리하는 지금,
주어 뒤에 숨어 있던 한 존재가
확대경의 조준'을 받듯,
성큼성큼 커지는 것을 발견하고 있다.

결국 나는 4형제에 비켜 서 있던

배경 혹은 관찰자가 아니라

자주 그 세계에 섞여 함께 웃고 감탄하고

밝아지던 존재였다.

그들 속에서 내 이야기의 탑도 쌓아 올려지고 있었다.

함께 자라고 함께 쓰던 우리들.
그러므로 육아일기는
어린 내 아기를 빌려 나를 쓰는 것.

아이가 태어나는 순간

엄마도 태어난다.

전에는 존재하지 않던 그녀.

여자로는 존재했으나

엄마로는 존재하지 않던 그녀가.

온전히 새로운 존재가.

—

오쇼 라즈니쉬

The moment a child is born,

the mother is also born.

She never existed before.

The woman exsited,

but the mother, never.

A mother is something absolutely new.

—

Osho Bhagwan Shree Rajneesh

아기를 빌려 나를 쓰는 것

나의 이름 세 글자가 쓰인 다이어리지만 막상 펼쳐보면 나는 온데간데없고, 아이들이 늘 주어 자리를 차지하고 있었다. 몇 시간을 꼼짝없이 조립하고 조작하고 만드는 첫째의 등과 경쾌하고 우스꽝스러운 둘째의 몸짓, 셋째의 영롱하게 발화하는 말과 넷째 아기의 신비로운 몸이 차곡차곡 쌓였다.

나는 근심과 불안 속에서 하루하루를 갉아 먹는데, 아이들의 세계는 탐험과 환희와 명랑함으로 가득했다. 이른 아침이면 기대로 가득 찬 눈을 번쩍 떴고, 조금의 뭉그적거림도 없이 이불을 걷어찼다. 그리고 동그랗고 작은 몸뚱이들은 잠들기 직전까지 열정적이었다. 이런 유년의 찬란함을 가만히, 때론 멍하니 응시하곤 했다. 마치 샘물의 근원을 품고 있는 것 같은 삶의 에너지와 활기가 그저 신비하고 신기했다.

그 어떤 업적과 명예보다 소중한 조각들, 각자 마음에 새겨질 유산들. 그러나 한 해, 두 해 시간의 흐름 속에 휩쓸려 버리기도 쉬운 것들이었다. 나는 서둘러 아직 기록이라는 게 무엇인지, 글자도 신호체계도 모르는 어린 존재들을 대신해 역할을 맡아야겠다고 생각했다.

그림책 《엄마가 너에 대해 책을 쓴다면》에는 '나뭇가지들을 모아서, 국수 한 올 한 올을 가지고도, 뒷마당의 채소 뿌리로도 너에 대해 쓰겠다'는 엄마의 약속이 그려져 있다. 이 그림책을 읽던 밤, 셋째 한호가 물었다.

"엄마, 엄마는 나에 대해서 썼어?"

"엄마는 어떻게 쓸 거야?"

"한호야, 한호가 엄마 뱃속에 찾아온 순간부터, 너를 사랑한 시간을 통틀어 엄마는 너를 쓰고 있어. 식탁에 한호가 앉기를 기다리며 '볶음밥을 좋아하는 한호'라고 쓰고, 장롱문을 열어 주면서 '이불집 만들기를 좋아하는 한호'라고 썼지. 종이와 테이프를 꺼낼 때면 '창작가 한호'라고도 덧붙이고."

그림책을 흉내 내며 대답했지만, 실제로 네 아이를 주어로 글을 써 왔다는 사실이 자못 다행스럽게 여겨졌다. 곧 그간의 날들이 기록으로 묶인 이 책을 펼쳐 보이며 "한호야, 이것이 엄마가 너에 대해 쓴 거야"라고 할 수 있다는 것. 막상 한호는 글자만 빼곡한 책에서 제 이름만을 겨우 찾아내겠지만, 머잖아 엄마가 지킨 약속을 명확하게 읽어 낼 것이다.

아이들에 관해 썼다고 믿어왔던 오랜 기록을 갈무리하는 지금, 주어 뒤에 숨어 있던 한 존재가 확대경의 조준을 받듯, 성큼성큼 커지는 것을 발견하고 있다. '한호가 양파를 더 좋아하면 좋겠는데' 하며 볶음밥에 들어갈 양파를 다지는 그녀, 이불을 다 꺼내는 아이를 보며 치우는 일의 귀찮음을 떠올리면서도 망설임 없이 장롱문을 여는 그녀, 테이프를 잘라 건네주면서 무엇이 탄생할지 기대감에 찬 눈빛으로 아이를 바라보는 그녀, 바로 나를.

결국 나는 4형제에 비켜 서 있던 배경 혹은 관찰자가 아니라 자주 그 세계에 섞여 함께 웃고 감탄하고 밝아지던 존재였다. 그들 속에서 내 이야기의 탑도 쌓아지고 있었다.

언젠가 아이들과 함께 나의 기록을 사이에 두고서 세월의 더께를 훑어갈 것이다. 각자의 모습을 찾아가며 마치 그 시절처럼 웃고 티격태격하고 들떠 있다가 돌연 숙연해지기도 하리라.

나는 무엇보다 육아일기 속의 나만큼 시간이 덧입혀진 아이들과 그때의 나를 번갈아 볼 것이다. 함께 자라고 함께 쓰던 우리를. 그러므로 육아일기는 어린 내 아기를 빌려 나를 쓰는 것.

둘. 다만 내가 할 수 있는 것

셋. 글자가 글자를 사랑하던 날들

넷. **연약함에 머무르는 용기**

아들만 넷

정글의 법칙 1

'집 초토화, 10시 이후 귀가 바람.'

남편에게 문자를 보내고 아이들을 향해 돌아서서, 응원하듯 또는 지휘하듯 두 팔로 큰 원을 그려 보였다. 이제 더 미룰 수도 없이 청소할 시간이라고. 마침 〈정글의 법칙〉이 방송되는 날. 유일하게 허락된 텔레비전 프로그램을 시청하기 위해 아이들은 부지런히 청소를 시작했다.

"형, 한호는 안 해."

"한호 안 하는 것과 관계없어. 우리만 열심히 해도 돼."

첫째 승호는 내가 평소 하던 말로 둘째 준호의 속상한 마음을 위로했다.

일사천리. 오늘 밤 오랜만에 〈정글의 법칙〉을 볼 수 있을까.

자기 몫의 리듬

　'아기성장발달표'를 들여다보며 어제의 승호와 오늘의 승호, 그리고 다른 아기들의 평균 성장 속도를 비교하던 첫 육아의 시절에는 조바심과 기대, 그리고 약간의 극성맞음이 있었다.

　승호가 뒤집기라도 하면 손뼉을 쳐댔고, 저 멀리 놓아둔 물건을 조금씩 뒤로 물리면서 아기가 얼마나 더 기어 올 수 있는지 시험했다. 배밀이 단계를 지나 팔을 딛고 기던 기간, 이윽고 손바닥만 의지해 빠르게 앞으로 향하던 날, 무언가를 붙잡고 다리를 곧추세우던 안간힘의 모든 순간을 경이롭게 바라보았다.

　대부분 돌 이전에 걷는다는데, 승호는 돌이 지난 후에야 걷기 시작했다. '승호는 조금 늦게 걷는 아기구나'라고 생각했지만 결과적으로는 우리 집에서 제일 빨리 걸음마를 뗀 아기가 되었다. 걷는 속도가 가장 느렸던 아이는 셋째 한호. 정확히 18개월에 들어서야 제법 걸었다. 그럼에도 걱정하지 않았던 것은 늦되지만 천천히 자라는 한호의 리듬이 있었기 때문.

15개월 차 넷째 규호가 조심스럽게 다섯 발짝 정도를 떼고 있다. 아이가 걷지 못하면 줄곧 업거나 유모차에 가두어야 해서 야외 활동이 제한될 수밖에 없다. 그러나 이런 나날도 얼마 남지 않았다. 겨울이 지나면 규호도 제법 걷게 되리라. 그럼 나는 기어 다니는 아기, 그 엉덩이가 지닌 애틋함과는 영원히 '바이 바이'다.

만회의 시간

네 번째 신생아와의 하루하루는 새로운 도전을 마주한 막연함보다 뜻밖의 선물처럼 다가왔다. 익숙하지 않고 힘에 부쳐서 제대로 하지도 즐겁게 하지도 못했던 지난 육아의 시간을 만회하라는 듯.

나는 넷째를 키우며 다시 첫째를 키우고, 둘째를 키우고, 셋째를 키우는 기분에 젖었다. 애틋한 추억들, 그러나 사진 속의 박제된 표정 외에는 달리 어떻게 끄집어낼 수 없는 큰아이들의 옛 모습이 넷째의 살갗으로, 옹알이로 되살아났다.

"아기야 잘 잤니? 너무 예뻐."

갓 난 둘째를 품에 안고 사랑에 겨운 고백을 하던 몇 해 전에는 첫째의 눈치를 살폈다. 혹 들켰다 싶으면 "우리 형아, 우리 승호 형아는 정말 멋있지. 착하고 똑똑하고 만들기도 잘하고. 승호 최고!" 급하게 공치사를 쏟아 부었다. 지금은 그런 의무감을 훌훌 벗어던지고, 넷째에게 마음껏 지극한 사랑을 표현한다. 형들의 질투나 시기가 없기도 하지만, 오히려 형들에게 발각되도록 더 공개적으로 뽀뽀를 하고 껴안는다.

너희들을 이렇게 키웠다고, 이렇게 사랑했다고. 바로 우리들의 지나간 모습이라고 알려주고 싶어서.

아들만 넷

아이들과 함께 외출할 때마다 괜히 걸음이 빨라지곤 했다.

"다 아들이야? 유모차에 있는 것도? 에고, 무슨 고생이야."

"딸 낳으려고 계속 낳았구나!"

"딸이 있어야 하는데……."

딸을 낳기 위해 출산한 것도, 꼭 딸이 있어야 한다고도 생각하지 않지만, 계속 같은 이야기를 들으니 어느새 위축되고 씁쓸해졌다.

특히 셋째 한호나 넷째 규호를 가리키며 "네가 딸이어야 했는데"라는 말에는 깊은 상처를 받았다. 자기 존재에 대한 반응을 아이들이 어떻게 받아들일까 걱정도 되었고, 아이들의 정체성을 대체, 왜, 누가, 무슨 권리로 왜곡하는지 분노도 느꼈다.

활기차고 넉살 좋은 성격은 아니지만 "다 아들이야?"라는 부정적 느낌이 전해지면 먼저 선수를 쳤다. "네, 다 아들이에요. 아들. 아들 부자예요. 부자지요?"

그러나 본래 성정이 아닌지라 어색했다. 결국 내가 너무 까칠한 것일까, 자기 검열을 하며 어두운 안색으로 남은 길을 도망치듯 걸었다.

유다의 축복

가슴이 답답하거나 속이 메스꺼우면 소화제 혹은 진통제 한 알 삼킬 일이지만 나는 먼저 임신 테스트를 했다. '이게 여자의 일생인가?' 헛웃음이 나면서도 혹시라도 약 먹은 것 때문에 불안하거나 후회하진 않아야 하니까. 그럼에도 한 줄, 즉 임신이 아니라는 결과가 나타나면 당연하고 다행이라고 안도하면서도 때론 아쉬웠다. 그러던 어느 날, 정말 임신이라고 선명하게 새겨진 테스트기를 집어 들고는 곧 망연해져서 꼼짝을 하지 못했다. 남편에게 빨간 두 줄을 사진 찍어 전송하면서 그에게 지금 상황에 대한 해석을 떠넘겼다. 분명 기쁘고 설레고 감사한 데, 또 마음껏 그렇게 할 수만도 없는 부담감과 막막함이 섞여들었다.

생각보다 일찍 퇴근한 남편 손에는 소고기가 여러 팩 들려

있었다. "지난번 임신 때는 빈혈이 있어 고생했잖아. 이번에는 잘 먹고 건강한 임신 기간 보내자" 그리고 덧붙였다. "생각했지. 지금 당신을 축하하고 위로해 줄 사람은 나뿐이라고!" 임신 사실 확인 후 처음 마주한 남편의 반응은 온전히 기뻐하고 감사하자는 격려였다. 비로소 안심이 되었다.

소식이 전해지면서 많은 분의 축하 인사를 받았다. 그런데 대부분 꼭 "딸이었으면 좋겠다", "이번에는 분명 딸이다"라는 말씀을 덧붙이셨다. 나는 특정 성별을 희망하지 않았고 그저 담담했다. 그럼에도 "이번에 딸 낳으면 완전 홈런인데, 언제 확인해요?"라는 주위의 관심에 점점 마음이 기울어졌다. 왜 홈런이라는 것인지 어떻게 그것이 홈런이 된다는 것인지 정확한 의미도 모르면서 '홈런 한번 날려볼까?' 하는 공명심 같은 게 슬그머니 스며들었다. 임신 중 성별 확인은 늘 설레고 빨리 알고 싶은 소식이지만, 이번만큼은 그렇지 못했다. 두근거리는 만큼 두려운 마음도 있었다.

20주째 진료를 하는 날, 승호와 함께 병원 지하 초음파 진료실에 들어갔다. 남편과 준호, 한호는 작은 로비 소파에 앉아 기다렸다. 침대에 누워 태아의 상태를 확인하던 의사 선생님은 내가 묻기도 전에 "아들인 것 아시죠?"라고 말했다. 순간 승호가 문을 열어젖히고 달려 나가며 "아빠, 아빠! 아들이래! 아들, 아들! 앗싸!" 하고 소리쳤다. 나는 그 소리를 가만히 들었다.

집으로 돌아오는 길, 친정엄마에게 전화를 드렸다. 성별을 전해들은 엄마는 뭔가 위로의 말을 찾으려고 허둥대는 것 같았다. 아마 내가 실망했으리라고 짐작해서겠지만, 사실 엄마 스스로가 실망했기 때문이리라.

나는 아무렇지 않고, 아니 오히려 승호처럼 이 결과 앞에 행복하기만 한데! 나를 불쌍하고 가엽게 여기는 사람들에게 어떻게 반응해야 할까, 마치 또 다른 대답을 준비해야 할 것 같았다. 온전히 기뻐하는 것을 연기라고 오해할 것 같아서.

'우리 딸, 넷째 아들 축하한다. 야곱의 아들 중 넷째 유다가 다윗의 조상이 된 것 같이 은경이 가정에 찾아온 넷째 아들이 건강하게 자라도록 축복하며 기도하자.'

늦은 밤, 아빠로부터 문자 메시지가 왔다. 신기하게도 오후 내내 어수선했던 마음이 아빠의 말씀에 일순간 차분해지고 오히려 기대감으로 바뀌었다.

야곱의 열두 아들, 그중에는 이집트의 총리가 되어 가족을 기근으로부터 구해낸 꿈의 아들 요셉이 있다. 하지만 그가 아닌 넷째 아들 유다가 다윗의 조상 곧 예수 그리스도의 조상이 되었다.

남편은 야곱이 유다를 축복하던 유언의 말씀에서 '규' 자를 찾아 넷째 아들의 이름으로 정했다. 형제들이 함께 쓰는 돌림 자 '호'를 붙여 이미 태아 20주 시절에 '규호'라는 이름을 갖게 된 아기.

누군가 "아, 홈런 못 쳤네" 하고 진심으로 아쉬워하면 "우리 는 벌써 이름까지 지었는걸요. 아이들도 남동생 태어난다고 정말 좋아해요!"라고 말할 수 있었다.

아기의 첫 방

저녁 식사를 준비하고, 서툰 수저질을 돕고, 식탁 위아래를 닦아내고, 끈적한 아기를 헹구어 낸 후에도, 세수를 자주 물놀이로 착각하는 큰아이들을 채근하고, 편안히 잠들도록 네 아이 몸 구석구석을 쓸어주기까지…… 길고 고된 저녁 루틴을 앞두고 어쩔 수 없이 긴장하게 되지만, 해야 할 일들도 잊고, 양말도 벗어 던지고, 거실 한가운데에 벌렁 드러누웠다. 기분 좋게 방긋방긋 웃는 아기도 옆에 뉘었다. 몸과 마음을 구원해 주는 바람 이불을 덮은 찰나의 여유. 문득, 벽에 걸린 가족사진에 시선이 멈췄다. 지난가을 넷째 규호가 태어나기 전, 만삭 때 찍은 사진이었다.

"규호야, 저기 봐. 우리 가족 사진이 있네. 아빠랑 엄마랑 형들이랑. 어, 그런데 규호가 없네. 규호 어디 있지? 으앙, 규호가 없어!" 내가 격양된 목소리로 규호를 찾는 척했더니 옆에서 큰 아이들이 "규호, 엄마 배에 있잖아요. 엄마 배에"라고 앞다투어 말했다. "엄마 배? 맞다, 맞다! 엄마 배에 있었지! 규호야. 규호는 엄마 배에 동그랗게 몸 말고 있었지!"

규호에게 안심해도 된다는 듯 호들갑스레 말하고 나니, 규호에게만 오래 관심을 준 것 같아, 얼른 다른 아이들 이름을 붙여 이야기를 이어나갔다. "승호야, 승호도 엄마 배에 있었지? 승호가 제일 먼저 있었고, 그다음에 준호가 있었고 그다음에 한호가 엄마 배에 있었지? 엄마 배 좋았어?"

그러고 보니, 옷가지나 신발뿐 아니라 엄마의 배 역시 첫째부터 막내까지 물려 가며 썼다는 생각이 들었다. 혹시 배 어딘가에 형의 체취가 남아 있었다면, 동생들이 각자의 형질을 이룰 때 얼마간 스며들기도 했겠다는 기묘한 상상까지.

소설가 오정희는 엄마의 자궁을 '따뜻하고 둥글고 아늑한 나의 가장 처음 방'이라고 표현했다. 방은 무릇 한 뼘일지라도 다른 어떤 공간과도 대체할 수 없는 곳. 나는 기쁨과 감탄뿐 아니라, 눈물과 용기, 다짐과 쉼까지도 방의 비밀스러움에 기대 쌓아갔다. 그런데 내 몸 자체가 우리 아이들의 처음 머무는 방이었다니! 열 달 동안 방이 되었던 시간이 새삼 뭉클하게 다가오던 늦은 오후가 기울어갔다.

입덧 메이트

칫솔을 들고 비장한 표정으로 숨을 가다듬었다. 양치질을 빠르게 마친 후에는, 가슴을 토닥이고 얼굴을 감싸며 호흡이 고르게 되길 기다렸다. 욕실 거울 속 노란 얼굴이 마음이라도 단단히 해야 한다고 주억거렸지만, 실상은 고통스러운 육체 속에 모든 것이 갇혀 버린 상태였다. 언제까지일까. 오늘 밤은 견딜 수 있을까. 희망마저 아스라한 날들.

오후 2시. 그때까지 사과 몇 쪽 먹은 게 전부였다. 아직도 속이 편치 않았지만, 첫째 승호가 유치원에서 돌아오기 전, 남은 하루를 위한 에너지를 비축해야 했다. 반찬가게에라도 가야겠다 싶어 준호, 한호와 서둘러 집을 나섰다. 다행히 유모차의 일정한 리듬감 속에서 한호가 곧 낮잠에 빠져들었다. 식당에 갈 수 있겠다는 희망이 생겼다.

마침 국숫집을 지나고 있었다. 준호와 잔치국수 하나, 김밥 하나를 시켜놓고 마주 앉았다. 따뜻한 국물이 입덧을 가라앉히고 온몸을 데워주었다. 미안함과 불안감으로 궂었던 마음의 날씨도 천천히 개는 것 같았다. 한 손을 가슴에 대고 국수를 떠 올렸다. 준호가 내 동작을 따라 하면서 물었다.

"엄마, 손을 왜 이렇게 했어?"

"어, 옷이 솟아 있어서 국수 먹다가 묻을까 봐."

음식을 한 숟가락씩 입에 넣을 때마다 속이 받아 줄지 어떨지 시험하는 거라고, 가슴을 지그시 누르며 속을 달래는 거라고는 덧붙이지 않았다.

"어, 그래?"

준호는 재미있다는 듯 피식 웃었다. 문득 준호의 관심이 새로운 느낌으로 다가왔다. 상대가 국수를 젓가락으로 퍼서 숟가락에 올려 먹는지, 그냥 후루룩 말아 먹는지. 앞접시를 사용하는지 아닌지. 연애할 때는 상대방의 행동 하나하나가 다 신기하고 특별하게 느껴진다. 준호가 꼭 그랬다. 준호니까 그랬다. 준호는 나와 연애 중인 귀여운 5살 소년. 입덧을 견디게 하는 소중한 메이트.

아들 둘을 키우는 엄마에게

23개월 아기, 막내 규호야. 굳이 너에게 필요한 이야기는 아니겠지만. 첫째 승호 형은 꼭 너만 할 때 처음 동생을 맞이했단다. 아니, 그전에도 자주 몽롱하고 창백해지던 엄마의 임신 기간 동안 이미 작은 손을 허락해 주었지. 엄마는 그 작은 손바닥 위에 뭔가를 쓰며 간지럼을 태우고, 엄마의 두 손으로 꼭 감싸기도 하면서 곧 형이 된다는 것에 대해, 엄마의 뱃속에 동생이 있다는 것에 대해 이야기해 주곤 했어. "승호야 좋지? 이제 승호 동생이 태어나네" 웃으며 말했지만 가끔은 솔직하지 못하다고 느끼기도 했어.

병원에서 2박 3일을 지내고 집에 온 갓난아기, 그러니까 규호의 둘째 형은 하루에 6시간도 7시간도 내리 잠을 잤단다. 낯선 환경이 어색했을까. 엄마의 바둥바둥 서툰 상황을 이해해

주고 싶었을까. 아기가 오래 자면 깨워서라도 4시간마다 젖을 물려야 한다는 것을 모른 채 엄마는 그저 잘 되었다고, 잘 자 주어 고맙다고 생각하며 승호 형의 눈치를 살폈어. 산후도우 미 선생님이 "아기 잘 때, 엄마도 들어가서 자"라고 해도 23개 월 승호 형과 놀아주어야 한다는 생각에 선뜻 그러지 못했지. 아들이 두 명인 상황에 몸도 마음도 제대로 대처하지 못했던 거야.

두 아이를 홀로 돌보는 육아가 본격 시작되면서 엄마는 매 일 새로운 절망과 슬픔을 마주했단다. 출산 전까지는 만삭의 배를 안고도 승호 형이 놀이터 작은 말 위에서 몸을 흔들 수 있도록 산책 시간을 떼어 놓았었는데. 이제는 점점 추워지는 날씨 속에 아직 몸이 부은 엄마와 신생아 동생은 외출할 수가 없었으니까. 승호 형은 하루 종일 집 안을 서성여야 했어. 그 때마다 엄마는 미안하고 안타까운 마음에 더 울적해졌단다.

젖을 먹일 때면 아기를 왼쪽에 형을 오른쪽에 앉혔고, 때론 아기를 바짝 올려 안아서 가슴에 붙이고 그 아래 허벅지에 형 이 눕도록 하거나, 아기를 엄마 몸 안쪽 가까이 당기고 형을 바깥쪽 무릎에 눕혔단다. 좌우, 위아래, 안쪽 바깥쪽. 엄마 몸 을 어떻게든 형제에게 나누어 주려고 했어.

그런 마음과 노력에도 아기가 잠이 들려고 할 때면, 그러니 까 엄마가 아주 예민한 시간이면 23개월을 막 지나고 있던 승호 형이 가까이 오지 못하도록 무서운 표정을 지어 보이고 손을 휘이휘이 내저었단다. 식탁에 혼자 앉아 식판을 앞에 두고 열린 문틈으로 아기를 안고 젖을 먹이는 엄마를 보던 승호 형, 조도가 낮은 방 안에서 문밖의 형을 향해 혼자 밥을 먹으라고 시키는 엄마. 지금도 가끔 양쪽을 돌아보며 그 두 명의 표정을 응시하고는 해.

엄마로 살아가며 가장 힘들고 어려웠던 때, 아들 두 명의 엄마일 때. 아기가 엄마에게 밀착되어 있던 것처럼 엄마 역시 첫아기에게 심신을 의지하고 있었기에, 우리가 함께한 지 23개월 만에 찾아온 새로운 도전에 휘청거렸는지도 모르겠어.

지금 우리 규호를 보니 여전히 작고 가볍고 귀여울 뿐인데 23개월의 승호 형, 갓난아기 옆의 형은 사뭇 다른 사정, 다른 모습으로 존재했던 거야. 23개월의 생이 누군가에게는 형의 '이름'과 '다움'을 요구받는 시기이고, 누군가에는 기저귀 차고 사정 모르는 아기 모습 그대로 인정받는다는 것이 삶의 어떤 면을 보여주는 것 같기도 해.

아직도 뭐든 많으면 좋으리라 생각하는 철부지 큰 형은 동생 숫자마저 "나는 동생이 3명이다!" 하고 경쟁적으로 말하는데, 엄마는 기가 차면서도 그 허풍에 위안을 받는단다. 형이 된 시간을 잘 견디고 기꺼이, 기쁘게 받아들여 준 것 같아서.

오늘도 "규호야, 머리 어디야? 머리? 배 어디야? 배? 손 어디야? 손" 하며 놀아주고 손뼉을 쳐주었지. 너를 기특하게 바라보던 형의 선한 눈매. 11살이라도, 여전히 엄마 옆에서 살을 비비며 자는 것을 좋아하는 형을 오늘은 징그러워하지 않고 꼭 안아주어야겠다. 지금 23개월의 막내 규호, 23개월 때의 승호 형을 사랑해.

넷째의 마중물

첫 육아의 시기를 되돌아보면, 아기의 가장 가까운 책임자가 되었다는 자긍심에 감동하던 내가 떠오른다. 처음 맺은 관계의 설렘으로 환희에 가득 차 있던 모습도 선명하다. 그러나 기억은 이내 불안하고 서툴던 당시의 나와 아기 모습에 장악되어 버린다. 그럴 때면 형용할 수 없는 슬픔에 휩싸여 그 이면에 무엇이 있었는지 더듬어보곤 한다.

밤새 아기가 울며 자지 않는 것도, 이유식을 먹다가 입을 앙다물며 거부하는 것도, 유모차에 앉기 싫다고 떼를 부리는 것도 다 내가 잘못 키우고 잘못 가르친 탓이라고 여겼던 시절. 나는 성긴 육아를 들킬세라 나도 모르게 눈치를 살폈다. 아기를 키우는 밤과 낮, 성장에 따른 단계적 변화를 쫓아가는 것도 벅찬 일이었다. 하지만 무엇보다 다른 아기들과의 비교, 다른 사람들의 평가 같은 조언에 내면이 휘둘리고 있었다.

첫째 승호와 지내던 삶의 반경은 매우 좁고 제한적이었다. 주일 예배를 드리고 금요일 소그룹 모임에 참석하는 것 외에는 장을 보거나 도서관에서 책을 빌리는 일이 일상의 전부였다. 나는 아기의 생활 리듬에 따라 수면시간과 식사시간을 기꺼이 조절했고, 위험한 물건들은 미리 치워 두었다. 그러나 아기와 나 사이에 합의된 내용이라도 다른 공간, 다른 사람들과 함께 있을 때는 사정이 달랐다.

승호는 수요 예배를 드리던 밤, 교회 자모실의 넓은 방바닥에서 첫 뒤집기를 했다. 그동안 다리를 치켜들고 엉덩이를 들썩거리며 안간힘을 썼는데, 그날 완벽한 뒤집기에 성공한 것이었다. 나는 아기의 새로운 성취가 기쁘고 반가웠지만 예배 시간이었기 때문에 그저 마음속으로 환호했다. 아기 승호가 자모실 방바닥을 뒤집기로 구르고 다닐 줄은 미처 모른 채. 곧, 뒤집고 되집고 뒤집고 되집으며 예배 시간 내내 구르던 4개월 승호를 어떻게 제지해야 하는지 나는 당황하기 시작했다.

몇 달 뒤부터 영아부 예배에 참석했다. A열 나의 무릎에 앉아 예배를 시작했던 승호는 꼭 E열 혹은 F열에서 예배를 마쳤다. 걷기도 전, 기어서 기어서 얌전한 엄마와 아기들 사이를 헤집고 다녔다. '승호에게 집중력이 없는 걸까, 상황 파악을 못 하는 걸까, 내가 일주일 동안 교회에 가면 어떻게 해야 하는지 제대로 설명하지 못했을까, 아기에게도 앞으로의 일을 예측할 수 있도록 알려 주어야 한다고 했는데 그렇게 못한 걸까' 자책할 수밖에 없었다. 집에서라면 서랍장 안으로 기어들어 가고 싱크대의 냄비들을 꺼내 두들기며 놀아도 마음껏 허용할 수 있었지만, 공적인 공간에서는 아기가 제발 나의 체면을 생각해 주면 좋겠다고 생각했다.

약 2년 후, 둘째 준호와 함께 영아부 예배를 드리기 시작하면서 나의 불안함은 얼마간 해소되었다. 준호는 내가 그토록 희망하던 예배 시간의 모습을 그대로 구현했다. 준호에게만 특별한 태교 혹은 안정감 있는 육아 환경을 제공한 것도 아니었는데. 오히려 승호를 임신했을 때는 여유롭게 책을 읽고 화실에서 그림을 배우며 그 어느 때보다 자유롭고 평안한 시간을 누렸다. 무엇보다 첫아기를 임신했다는 기쁨과 기대로 하루하루가 충만했다. 반면 둘째 준호의 경우, 늘 쉽게 피곤해지는 몸을 이끌고 승호에게도 태아에게도 미안해하면서 앞으로의 상황을 걱정하는 시간이 길었다. 그럼에도 둘째 준호는 평안하고 밝은 본성의 아기로 태어났다.

아이들이 활발하고 거침없으면 ADHD(주의력결핍 과잉행동장애)를 의심받고, 반면 조용하고 사적이면 영아 우울증을 진단받는 시대. 물론 치료가 필요한 양상이 분명 존재하므로 전문가들의 경고에 귀 기울일 필요는 있지만, 나는 너무 일찍

부터 겁먹어 버린 게 아니었을까.

승호를 데리고 외출하던 중 처음으로 마음을 놓았던 순간, 지극히 소박하고 평범했던 시간을 지금도 또렷하게 기억하고 있다. 일주일에 한 번씩 소그룹 모임에 가면 나는 아기가 모임을 방해하지 않도록 신경 쓰느라 무슨 말을 듣고 있는지 또 무슨 말을 뱉고 있는지 거의 인지하지 못했다. 모임 중에도 울음을 막기 위해 자주 젖을 물렸고, 손잡아 끄는 아기를 따라 엉거주춤한 자세로 자리를 옮겨 다녔다. 열심히 고개를 끄덕이며 모임에 몰두한 척했지만 손은 모임 밖 아기의 블록 속에서 바쁘게 움직였다.

그러던 어느 가을, 아기가 10개월 차에 접어들었 때. 나는 분명 내 자리에 그대로 앉아 있었는데 아기는 두세 발짝 떨어진 곳에서 등을 돌린 채 장난감을 조작하며 놀고 있었다. 그 순간, 마치 밀폐된 공간에 스며드는 빛줄기를 본 것 같았다. 물론 아기는 뒤집고 기고 앉는 행동의 변화를 꾸준히 이루어 가고 있었지만, 신체의 발달과는 사뭇 다른 양상이었다. '엄마는 모임에 참석해야 하고 비록 이곳이 익숙한 집은 아니지만 나는 혼자서 놀며 기다릴 수 있다'라는 사고를 아기가 해내기라도 한 것처럼.

넷째를 키우는 지금, 어느덧 승호는 10대에 접어들었고 나는 첫아기를 키우던 시절의 불안을 까먹고 때론 건방져질 때가 있다. 육신의 피로와 하나하나 지워 가는 'To do list'의 할 일 더미는 여전하나, 때때로 심리적 고통을 망각하는 것이다. 물론 여전히 자주 밤을 새우고, 수유하느라 메여 있고, 부엌일을 하다가 빨래를 개다가 아기 울음에 벌떡 쫓아가야 하는 동선의 우왕좌왕이 반복되지만…… 지금 아기의 모습이 완성된 단계, 고착된 양상이 아니라는 것을 알기 때문에 앞으로의 길을 기대하고 기도할 수 있다.

등을 보이던 승호가 나를 돌아보고 웃던 순간, 그리고 다시 블록으로 시선을 옮기던 그날. 가을 햇빛이 길게 내려앉은 그 공간의 기쁨을 다시 꺼내 보았다. 승호에 대해 깊이 고민하던 시간은 자주 괴로웠다. 그러나 그 과정이 없었다면 나는 넷째의 모든 예기치 못한 행동들을 평안히 바라볼 수 있었을까.

넷째를 키우며 자주 마중물이 되는 첫째와의 추억. 첫째를 키우는 것은 가장 어렵지만 가장 섬세한 감동을 품은 시간이었다.

안아보지 못한 아이

　성탄절 카드와 선물을 유모차 바구니에 넣고 우체국까지 천천히 걸어갔다. 긴 줄 끝에서 기다리다가 모든 꾸러미를 발송하고 나니 큰 숙제를 끝낸 듯 홀가분했다. 돌아오는 길 놀이터에서 승호 그네를 밀어주며 저녁에 있을 어린이 성탄 발표회를 그려 보았다. 오늘 하루가 무탈하게 따뜻하게 지나가리라. 임신 초기, 입덧으로 고생하는 중에는 토악질 없는 하루, 남편과 아이들에게 덜 미안한 하루가 더없이 소중했다.

　서둘러 교회 갈 준비를 하는데 갑자기 피가 한 움큼 흘렀다. 어제도 피가 비쳤지만 네 번째 임신에서 '호들갑 떨면 안 되겠지' 하고 지나쳤는데. 결국 불안한 마음으로 남편에게 전화를 했고, 주차장에서 남편을 기다렸다가 곧장 병원으로 향했다. 일과를 마친 병원은 한적하고 조용했다. 남편은 로비에서 삼형제 곁을 지키고 나는 혼자 진료실에 들어갔다. 왠지 모를 초조와 긴장이 온몸을 휘감아서 따뜻한 실내 온도에도 서늘함이 느껴졌다. 초음파 진료를 보는 시간이 유독 긴 것 같은데 왜 그렇지? 주치의가 아니기 때문에 새롭게 살펴봐야 하는 것이 많은 걸까? 선생님의 다문 입술을 주시하는 동안 주먹을 꼭 움켜쥐고 있었다. 무겁게 입을 연 선생님은 태아의 크기와 주수를 설명했다. 결국은 "유산됐어요"라는 진단을 내리기 위해서. 차후 조치를 물어볼 여유도 찾지 못하고, 눈물을 그렁그렁하며 남편에게 다가갔다. 내가 불안해했었던가, 나쁜 직감을 가졌었던가. 나의 마음을 질책하면서 되짚어 보았다. 갑자기 남편이 집에 달려갔다는 소식, 가족 모두가 성탄 발표회에 나타나지 않았다는 소문에 여기저기서 전화가 걸려왔다.

"무슨 일이야? 어디 아파?"

"유산되었어요. 사실은 임신했었거든요."

축하받을 일인데도 임신 사실을 알리지 않았던 것, 임신 사실보다 유산을 먼저 말하게 된 것은 정말 못할 짓이었다. 다음 날 아침 일찍 교회 사모님 중 한 분이 찾아와 미역국을 끓여주며 가라앉은 마음을 위로해 주었다.

"내가 아는 분 중에도 임신 중에 아기가 심장이 안 뛴 경우가 있었어. 그런데 일주일 뒤에 갔더니 다시 뛰었대. 지금 그 애가 중학생이야. 너무 낙심하지 마."

순간, 소망의 마음이 발아했다. 어젯밤의 결과가 오진으로 판명된다면 임신 사실을 숨기던 죄를 씻을 수 있을 것 같았다. 유산 수술을 받기 전에 다시 검사해야지, 끝까지 최선을 다해야지.

그러나 오전의 흥분이 가라앉자 또 다른 불안함이 엄습했다. 다시 심장이 뛰는 기적이 일어난다 해도 이렇게 작은 아기를, 심장이 뛰었다 안 뛰었다 하는 아기를…… 어떤 병명을 진단받을지 모르는 아기를 받아들일 수 있을까. 누군가와 이야기를 나누지도 못한 채 요동치는 마음을 부여잡고 하루를 끙끙 헤맸다.

밤에 잠자리에 들 때, 준호가 "하나님 엄마가 아파요. 낫게 해주시고 아기도 건강하게 태어나게 해주세요"라고 기도했다. 어제 '아기가 유산되었다'라는 것에 관해 설명했는데 여전히 건강하게 태어나게 해 달라는 준호의 기도. 아직 어려서 엄마와 아기의 상황을 이해 못 한 것이리라 싶으면서도, 문득 그 마음에 기대고 싶어졌다. 점점 담대함이 차오르는 것을 느꼈다. 수술 전 다시 정확하게 검사하고 약한 아기일지라도 심장이 다시 뛴다면 지켜내겠다고. 준호의 기도를 빌어 다짐했다. 내일 어떤 일이 펼쳐질까. 아직 지워지지 않은 아기의 이름을 부르던 밤이었다.

지난밤의 다짐대로, 유산 수술 날짜를 며칠 뒤로 미루겠다고 병원에 연락했다. 성탄절은 아이들과 즐겁게 보내야지. 그 후 병원에 가서 다시 검사하고 결과를 받아들일 것이다. 피는 계속 흘렀지만 끝난 것이 아니라고 생각했다. 그러나 성탄 이 브. 평소 묻어나던 피와는 다른 질감의 작은 덩어리가 흘러내 렸다. 나는 화장실 문고리를 붙잡고 오열하고 말았다. 문자 그 대로 피와 눈물을 쏟으며 응급실에 도착했고 '이미 태아의 일 부가 빠져나왔고 계속 하혈을 하고 있으니 내일까지 기다릴 것 없이 바로 입원하라'는 진단을 받았다. 옷을 갈아입고 병실 침대에 누웠다. 간호사 선생님은 '아무것도, 물도 마시면 안 된다'며 주사를 놓고 나갔다. 물도 마시면 안 된다는데 볼을 타고 흐르는 눈물은 입속으로 들어가도 될까…….

아기야, 엄마 아빠가 네 임신 소식을 사람들에게 일찍 알리 지 못한 것 정말 미안해. 부담스럽다고 느끼지 않았다면 거짓 말이겠지만 동시에 정말 기뻤단다. 우린 아들일까 딸일까 궁 금해했고 또 상상했단다. 아들이면 멋진 4형제로 키우자고 했 고, 딸이면 또 처음 만나는 딸, 예쁘게 키우자고 했단다. 오늘 성탄절 밤, 아기 예수님이 태어나신 날. 엄마는 우리 아기를 보내려고 하고 있구나.

다음 날 아침, 첫 번째로 진료를 받고 곧장 수술실로 이동했 다. 마취과 선생님이 유착방지제를 맞을 것인지 물었다. 비보 험이라 비싸지만 다시 임신할 거라면 추천한다고 덧붙였다. 나는 그렇게 하겠다고 했다. 수술하는 김에 피임 수술도 같이할 수 있다고 넌지시 정보를 제공해 주시던 분, 세 아들 잘 키우면 된다고 슬퍼하지 말라 하시던 분, 그 의중을 알면서도 부담스러운 비용을 지불하면서까지 나는 피임 수술 대신 이런 결정을 했다. 그것이 아기에 대한 마지막 예의라고 생각하면서.

의사 선생님은 마취 주사를 놓기 전에 계속 흐르던 눈물을 닦아 주셨다. "이제 주사 놓을게요. 조금 뻐근할 수도 있어요" 문장을 다 듣지도 않았다고 생각한 순간 곧 정신을 잃었다. 깨어났을 땐 엄청난 통증이 밀려왔다.

삼형제 출산 후 조리를 도와주셨던 산후도우미 선생님이 이번에도 오셨다. 나는 가만히 침대에 누워 지난 며칠간의 상황들, 특히 연약하지만 아직 아기가 살아 있다면 잘 키우겠다고 기도했던 순간들을 떠올렸다. 출산 후와 똑같은 몸조리 상황인데, 돌봐야 할 아기는 옆에 없었다.

잠자리에서 승호가 물었다.

"엄마, 아기 하늘나라로 갔어? 왜?"

"왜냐고? 어⋯⋯."

뭐라고 해야 할까 적당한 말을 찾아 허공을 헤매는데 승호가 곧 스스로 답을 찾았다.

"아, 엄마. 아기가 심장이 안 뛴다고 했잖아. 그래서 하나님께서 치료해 주시고, 심장에 좋은 음식 많이 먹여 주시려고 그러신가 봐."

　내가 대답도 전에 남편이 그렇다고 맞장구를 쳤다. 또 울컥
했지만 곧 스스로를 다독였다.

　이젠 정말 인사를 해야 할 것 같다.

　안녕. 내 아기.

정글의 법칙 2

수술을 해야 하지만, 이미 유산되었음을 알았지만, 아기를 떠나보내는 것에 마음 정리가 필요했던 나는 얼마간 시간을 움켜쥐고 있었다. 그러던 중 갑자기 화장실 바닥을 빨갛게 채울 정도로 피를 쏟았다. 나는 문고리를 붙잡고 벌벌 떨며 산부인과에 전화했고 의사 선생님은 핏덩어리를 싸 들고 당장 내원하라고 했다.

아이들은 어떡하지. 진료를 받고 수술을 한다 해도 오늘 밤은, 그리고 내일 하루는 비워야 할 텐데.

남편은 부랴부랴 비슷한 또래의 아이들을 키우고 있는 이웃 부부에게 연락했다. 나는 그들이 도착하기 전까지 하루 이틀, 혹은 삼일이 될 입원 준비보다 아이들 옷가지를 챙기고 이것저것, 그러니까 당시 어수선한 상황 속에서 아이들 귀에 제대로 가닿지도 않을 말들, 사이좋게 지내라, 양치 잘해라 등을 당부하는 데 더 몰두했다.

이웃이 도착했을 때, 급하고 경황없음을 알아차린 아이들은 엄마와 헤어져 집을 나서야 한다는 것을 인지하면서도 처음 겪는 일이라 선뜻 발을 떼지 못하고 주저했다. 그때의 한 마디,

"얘들아 가자. 가서 형아들이랑 〈정글의 법칙〉 보자!"

그게 뭔지는 잘 몰라도 분명 우리 집엔 없는 재밌는 것이리라. 막내 한호, 두 돌 즈음의 어린 아기까지 형아 뒤를 용감히 따라 나갔다.

〈정글의 법칙〉도 보고, 맛있는 것도 먹고, 그 집 삼형제와 우리 집 삼형제 총 여섯 명의 남자 어린이들이 가운데 눕고 이웃 부부가 양 끝에 누워 잤다는 이야기를 퇴원 후 전해 들었다. 그 순간의 감사와 안도. 그때부터였을까. 〈정글의 법칙〉에 마음을 연 것이.

하얀 시간

아기가 밤중에 칭얼거리면 얕은 투정이기를, 곧 다시 잠들기를 바라며 가만가만 등을 토닥인다. 그런데도 계속 뒤척이거나 울음소리가 더 커지면 결국 몸을 일으켜 앉아 젖을 물린다. 때로는 젖까지 뱉어내며 신경질을 내는데 그럼 젖이 부족하구나 싶어 분유를 타기 위해 서두른다. 몽롱한 몸과 정신으로 물을 끓이던 밤. 조금의 물을 불에 올려놓고 다시 울고 있는 아기에게 뛰어간다. 오늘은 분유를 타러 나와서 젖병 아닌 분유통에 뜨거운 물을 부었다. 다행히 뚜껑이 닫혀 있어 분유가 젖진 않았지만 튕겨 나온 뜨거운 물에 가슴이 철렁했다.

조명마저 흐리멍덩하던 새벽. 그 짧은 순간을 느린 화면으로 재생해 보자면, 나는 내가 엉뚱한 짓 할 것을 예측했다. 예측했지만, 그 행동을 막지 못하리라는 것도 짐작했다. 그리고 그 의식의 흐름 따라 그대로 행동했다. 오묘하고 무시한 새벽, 생각과 행동이 분리되고 부유하며 몸속을 지나가는 순간이었다.

다시 지금 새벽 1시 혹은 3시, 또는 그 어디 즈음. 희미한 수유등 아래 너와 나 우리 둘. 아침에 맞닥뜨리는 기저귀들과 구겨진 손수건들은 고스란히 지난 밤의 흔적. 우리에게 어떤 하얀 시간이 지나갔던 걸까.

우리 아기 어떻게 생겼더라?

　세 아이가 이전에는 거의 사용한 적 없는 열쇠 꾸러미를 찾아내서, 이 방 저 방 뛰어다니며 문을 열고 잠갔다. 새로 산 보드게임을 펼칠 때마다 판을 엎어 버리는 막내 규호를 피해 이 구석 저 구석으로 도망 다니는 중이었다. 그런 소란을 등 뒤에 두고 나는 불 앞에 서서 유유히 죽을 젓고 있었다. 그러다 별안간, 왁자지껄한 수선 속에 울음소리가 섞여 있다는 걸 알아차렸다.

　1호, 2호, 3호는 안방 귀퉁이에 숨어 고개를 숙인 채 보드게임을 하고 있었다. 그런데, 그 틈에서 마땅히 있어야 할 아기 엉덩이가 없었다. 울음소리는 유난히 멀게 느껴지는 건넌방에서부터 흘러나왔다. 거칠게 손잡이를 돌렸지만 문은 열리지 않았다. 열쇠가 그 방 안에 있으리라는 직감이 사실로 드러나면서.

아기는 평소 까치발로 서서 간신히 손잡이를 돌릴 수 있었지만, 지금은 두려움에 갇혀 울어댈 뿐이었다. 경비실에 전화를 했더니 여분의 키는 보관하지 않는다고 했다. 나는 가위 끝을 열쇠 구멍에 쑤셔 대며 뭔가 쇠고리의 감촉이 걸리기를 바랐다.

한호는 곧 울음을 터트릴 것 같은 눈동자로 불안해했고, 승호와 준호는 침대에 머리를 박고 기도하기 시작했다. 나는 계속 드라이버와 칼 같은 장비로 문을 열어 보겠다고 시도하면서 "규호야, 엄마 여기 있어. 문 열고 있어. 조금만 기다리면 돼" 아기를 안심시키려고 애썼지만, 미동도 하지 않는 육중한 문 앞에서 더 우왕좌왕할 뿐. 결국 거듭된 요청에 달려온 경비 아저씨가 드라이버를 문틈에 끼워 넣고 힘을 주자 덜컹, 마침내 문이 열렸다.

얼른 아기를 들어 올려 품에 꼭 껴안았다. 아기는 멍하니 울음을 멈추었다가 다시 울기 시작했고, 멈추었다가 다시 울기를 반복했다. 그리고는 내 어깨에 고개를 떨구고 이내 잠이 들었다. 나는 한동안 아기를 안은 채 그대로 멈춰 서 있었다. 나에게도 안도할 시간이 필요했다.

얼마 후, 잠든 아기의 얼굴과 손을 조심스레 씻기고 옷을 갈아입혀서 자리에 눕혔다. 준호가 곁으로 다가왔다.

"우리 아기 얼굴 좀 봐야지. 아기가 어떻게 생겼더라?"

어쩜, 지금 내가 아기를 바라보는 심정과 이리도 똑같을까.

사물을 보고 따라 그릴 때면 그럭저럭 형태를 잡아낼 수 있지만 이미지를 머릿속으로만 떠올려야 할 때는 늘 막막했다. 작은 동그라미를 그리고, 그 옆에 길쭉한 타원형을 붙인 뒤 짧은 다리를 추가하고 얼굴에 눈 코 부리를 갖추면 새의 모습이 드러나야 하는데, 나의 그림은 살찐 짐승이 되고 말았다. 사랑하는 사람의 얼굴도 그렇다. 가끔은 잊어버린 듯 희미할 때가 있다. 내 옆에 누워 자고 있는 아이들이 어떻게 생겼더라? 문득 낯설어서 이불을 들추고 가만히 얼굴을 바라보던 밤들이 있다. 손을 흔들며 학교로 향하는 아이의 이름을 불러, 돌아서는 얼굴을 다시 보던 날도.

준호는 어떻게 이 심정을 알까. 아기의 이마를 눈, 코, 입을 가만히 쓸어내리며 준호와 아기를 번갈아 보았다.

백일의 축복

11월에 태어난 규호는 춥고 건조한 계절을 오히려 온기 속에서 보내고 겨울 끝자락에 백일을 맞았다. 여러 고통 앞에서 무기력했던 임신 기간과 자신감 없던 출산일이 아스라한 물안개처럼 흐릿하게 스친다. '기적'이라는 단어를 조심스레 혀끝에 올려본다. 사형제의 소란스러운 활기 속에도 엄숙한 마음이 깃든다.

백일, 아기가 제법 단단해지고 또렷해지는 날. 아기는 엄마의 젖뿐 아니라 기운까지 쪽쪽 빨아먹으며 무럭무럭 자랐다. 비단 엄마의 수고뿐이었으랴. 남편은 준호의 학예 발표회와 유치원 졸업식에 혼자 다녀왔고 녹색 어머니가 되기도 했다.

아이들은 저희끼리 어울려 잘 놀고 간혹 엄마의 신경질도 받아내며 지난겨울을 버텨냈다. 막내에게 엄마를 뺏겼다는 감정 앓이 없이 아기 볼을 비비며 "너무 귀여워, 너무 귀여워" 하던 어린 형들. 아기의 웃음은 모두 너희들 것이구나. 아기가 자라는 만큼 너희도 더 멋진 형이 되었다.

여전히 쌀쌀했지만 오전에는 햇살이 거실까지 길게 들어왔다. 블라인드를 걷어 올리고 환한 빛의 세례를 받자니 계획하지 않았지만, 문득 백일 축하를 하고 싶어졌다. '100일' 글자를 프린트하고 케이크를 굽고 테이블 위에 리넨 보를 깔았다. 주인공 아기를 유모차에 앉히고 다 같이 나가 안개꽃도 사 왔다. 형들은 동방박사들처럼 블록으로 만든 장난감을 아직 꽉 움켜쥐지는 못하는 아기 손에 들려주었다.

나와는 같이 찍은 사진 한 장 없고, 출근한 아빠는 우리가 이런 소규모 파티를 한 줄도 모르지만 그저 지난 백여 일을 건강하게 자라준 아기를 세 형과 봄의 햇살을 빌어 축복했다. '기적'을 넣은 문장들을 다시 읊조렸다.

부드러운 인도자

아기를 앞으로 안고 단화에 발을 끼워 넣었다. 현관 맡에 둔 기저귀 가방을 한쪽 어깨에 둘러메면서 마침내 외출 준비가 끝났다고 생각했다. 이때 바닥에 앉은 한호가 자기 신발도 신겨 달라고 떼를 쓰기 시작했다. 앞으로는 아기, 옆으로는 가방을 메고 있기 때문에 엄마의 시선이 가려지고 또 무게에 짓눌려 몸을 숙이기가 힘들다는 걸 안다면 감히 바라지 않을 텐데…… 아직 다섯 살 한호로서는 상황을 해석해 내지 못하겠지. 한호를 이해해야 한다고 스스로를 다독이면서 "한호야, 엄마가 아기를 앞으로 안고 있어서 앉았다 일어나기가 힘들어. 엄마 손 잡고 신어볼래?"라고 이야기했다. 한호는 곧 알겠다고 힘차게 고개를 끄덕였다.

꼼지락꼼지락 운동화를 신고 있는 한호의 움직임을 느낄 수 있었다. 품 안에 두껍게 안긴 아기를 비켜서 손을 내밀며 보니, 한호가 한 손으로는 신발을 발에 맞추면서 다른 한 손으로는 아기 띠 밖으로 나온 아기 손을 잡고 일어서고 있었다.

'엄마 손 대신 아기 손, 힘 있게 잡아 세워 줄 수 없는데도 엄마 손 대신 아기 손을 잡다니!'

곧잘 그러하듯, 나는 한호 때문에 뭉클해져서 이 작은 순간을 잊지 않으려고 되새겼다. 그리고 과도하게 의미를 부여하는 실력을 발휘해 한호의 마음을 해석하려고 했다. 무엇일까. 아기를 사랑한다는 마음일까, '외출 준비를 하는 동안에도 엄마는 나에게 옷을 내준 것 외에는 아무런 관심도 없이 아기만 돌봐 주고 있었는데…… 그래서 밉지만 그러면서도 귀엽고 신기한 것은 어쩔 수가 없네' 하는 마음일까? 혹은 '아기야, 너는 아직 작고 힘도 약하지만 그래도 형에게 손을 내밀어 줘. 너의 손은 너무나 따뜻해. 나는 너의 손을 잡으면 사랑을 느껴' 하고 말하는 것일까?

이쯤이면 누군가는 '워워워'라고 나를 자제시키려 할지도 모른다. '확대 해석'이라는 핀잔을 듣고 '피식' 웃음거리가 될 수도 있다. 하지만 한호의 사소한 행동을 두고 끝없이 생각을 펼치는 것은 나의 취미. 누군가를 사랑하면 그의 모든 평범함이 비범해지듯 나에게 있어 한호는 그런 특별한 존재다.

한호가 틔우는 사유의 물꼬. 물론 그 생각은 다섯 살 인생을 지극히 사랑하는 데서 비롯한 주관적이고 감정적인 무엇이지만, 항상 나를 더 부드럽고 따뜻한 길로 데려가곤 한다.

돌잔치, 또 다른 주인공

뷔페 레스토랑 작은방을 빌려 가족끼리 조용하게 모였던 둘째 준호의 돌잔치. 예의 그렇듯 돌잔치의 주인공은 점점 멍해지다가 종국에는 정장을 벗어던지고 내복으로 갈아입었다. 그동안 엄마의 미소는 점점 작위적으로 변해갔고, 사진에는 '만사가 귀찮은 아기와 표정을 유지하려 애쓰는 엄마'가 간신히 남았다. 반면 달콤한 디저트와 할아버지 할머니의 사랑 속에 특별히 의젓하고 점잖은 존재가 있었으니, 바로 오늘 주인공의 형, 아니 또 다른 주인공, 35개월 승호였다.

승호는 아기 의자를 벗어나 당당하게 어른들과 똑같은 위치에 앉아 있었고, 엄마 아빠가 동생에게만 집중하거나 말거나, 할아버지 할머니 옆에서 일말의 시기와 투정 없이 축하 예배를 드렸다. 갈색 재킷과 면바지는 승호를 더욱 성숙하고 단단해 보이게 했다.

되돌아보면 35개월, 여전히 작고 여린 존재. 그러나 형으로서 보여 주었던 풍모와 한 발짝 비켜섰으나 즐겁게 파티에 섞여 있던 승호의 모습은 지금 되돌아 봐도 부쩍 큰 아이처럼 회상된다. 사진 속 승호와 준호를 보면서 지금 31개월 규호는 당시 승호 나이에 훨씬 가깝지만 겉모습은 돌쟁이였던 준호와 더 닮았다는 사실에 짐짓 놀란다.

승호 때와 달리, 있는 그대로 그저 두었다가 뭐라도 할라치면 '어머나, 이제 걸으려 하네. 벌써?', '정말 많이 컸네. 말할 건가봐' 호들갑 떠는 일. 사실 따지자면 제 형들보다 한참 늦고 몸집도 작지만, 조급함이나 염려 없이 그저 제 속도에 맞춰 자라는 아기에게 오직 감탄과 축복만 하는 내리사랑의 마음 때문일까.

온전하게 '아기의 아름다움만 바라볼 수 있는 시선'에서 '세상을 바라보는 렌즈'에 대한 힌트를 발견하고 싶다. 그리고 일찍부터 둘째의 돌, 셋째의 돌, 넷째의 돌에 주인공의 큰형으로, 아니 또 다른 주인공으로 존재했던 승호에게 고맙다.

승호의 빨래 개는 밤

동생들은 금방 곯아떨어졌는데, 첫째 승호는 계속 잠이
오지 않는다고 뒤척였다. '아, 한밤중 나만의 시간이 이렇게
야금야금 갉아 먹히면 안 되는데…….' 조급한 마음이 커져 갔
지만 밀어붙인다고 해결될 일도 아니었다.

승호를 데리고 거실로 나왔다. 잠자리에 들기 전 아이들과
함께 정리를 하지만 그럼에도 다시 비질할 것이 남아 있고 싱
크대의 물 얼룩이 기다리는 곳. 승호에게 마른 빨래 한 더미를
안겼다. 승호는 그저 잠자리에서 탈출시켜 준 것만도 감사하
다는 듯 기꺼이 빨래를 개기 시작했다.

설거지를 할 때면 다리를 붙들고 잡아끄는 규호 때문에 급
하게 고무장갑을 벗어야 하고, 이불 커버를 바꿀 때에는 그
위에 올라 앉아 몸을 굴리는 아기 때문에 시간이 오래 지체되

기도 한다. 그러나 밤은 온전히 나만의 것. 온갖 울음 소리, 웃는 소리, 쿵쾅대는 소리의 방해 없이, 순전히 음악으로만 채워진 공기 속을 오가며 빠르게 집안 일을 처리하고, 나의 사적 취향을 채울 수 있다. 하루의 마지막 선물. 혼자만의 공간, 혼자만의 시간, 오직 혼자로서의 충만함!

그러나 오늘은 승호를 이끌어 낼 때 이미 그 기쁨을 포기했다. 숨길 수 없는 속상한 마음으로 싱크대 정리를 끝내고 거실로 나왔다. 그리고 마주한 것은 빨래 개기의 현장. 개켜진 빨래가 종류별로 차곡차곡 쌓이고 있었다. 물론 이전에도 사소한 집안일을 함께 해왔지만, 지금 승호에게 허락된 것은 오로지 빨래 개기 뿐. 이 상황에서 승호는 놀라울 정도로 매무새가 반듯한 빨래의 결과물을 쌓고 있었다. 마치 옷가게 진열대 위에 놓인 상품처럼.

빨래를 다 정리하고 승호를 침대에 눕혔다. 동생들의 소란과 난입 속에 자주 멈추어야 했던 두꺼운 동화책을 세 챕터 연달아 읽어 주었다. 승호도 이번에는 순순히 잠이 들었다. 오랜만에 승호와 둘만의 시간을 나눈 나는 사뭇 행복해졌다.

승호는 어슬렁어슬렁 시간을 보내는 법이 없다. 주변 일에 참견하는 경우도 많지 않다. 빈틈없이 읽고, 만들고, 그리고, 조립하는 데 온전히 몰두한다. 로봇 과학, 책 읽기, 종이접기, 큐브 맞추기 등 승호가 몰입하는 것들은 오랜 시간을 필요로

한다. 그래서 동생들이 짧은 시간 단위로 다른 활동을 이어가도, 승호는 계속 책상 한편에 붙박이처럼 가만히 있었다. 그런 모습에 나는 때때로 승호가 자기중심적이라고 오해했다. 그러나 오늘 빨래를 개던 승호의 섬세함, 그것은 승호의 성품과 재능 역시 일상과 분리되지 않고 늘 우리 가운데 깃들어 있음을 보여주는 증거였다. 혼자만의 시간을 누릴 수는 없었지만 승호와 함께한 덕분에 새로운 행복을 발견했던 밤이었다.

준호의 세계

1.

"이거 누구 짓이야? 누가 이렇게 했어?"

"나야 나. 나 아님 누구겠어? 으히히히히."

"이준호!"

"아, 알았어. 알았어. 바로 할게요! 으히히히히."

엄마의 분노를 대하는 준호의 자세.

2.

제일 일찍 일어나 온라인 수업을 한 시간 반 혹은 두 시간 동안 바짝 듣고 난 뒤, 어서 점심밥을 내놓으라고 재촉한다. 아침으로 먹은 떡과 과일이 채 소화도 되지 않았을 시간인데. 그렇게 소란스럽게 엄마를 부엌으로 몰아낸 후 거실을 뒹굴고 만화책을 읽으며 히죽거리다가 마침내 점심이 나오면 후딱 먹어 치운다.

정오 혹은 정오가 째깍 지났을 즈음 태권도장으로 달려간다. 태권도 1부 시작 시간은 2시 20분인데 무려 2시간이나 앞서서.

"관장님께 원비 더 드려야겠어. 이렇게 빨리 오는 친구 있어?"

엄마의 고함은 늘 뒤늦게 준호에게 도착한다. 준호가 다니는 태권도장에서는 피구를 자주 하는데 그것이 준호 삶의 중심 같다. 품새보다 오늘 누구를 맞췄는지, 어떤 자세로 피했는지, 깃봉을 맞춰 전 팀원을 구했는지, 관장님 얼굴을 명중시켰는지…… 태권도장에 다녀온 후 승호, 준호의 대화는 늘 진지하고 흥미로웠다.

3.

준호가 도착하기 몇 분 전부터, 발소리가 들릴 때부터 바짝 긴장한다. 준호를 붙잡으려고, 간식이라도 먹이려고. 그런데 오늘도 문을 여는 동시에 가방을 현관에 집어던지고 뛰쳐나갔다.

"엄마, 나 상훈이랑 놀아."

때로는 집에 들를 새도 없이 곧장 놀이터로 향한 후 친구의 핸드폰을 빌려 전화를 한다.

"엄마, 나 놀이터에서 놀고 있을게."

어느 날 아침에는 학교에 가려는데 가방이 없었다.

"책상 밑에 봤어? 서랍장 옆에는?"

"없어. 어디 있지? 아, 엄마 놀이터에 있나 봐. 어제 안 갖고 왔나 봐!"

놀이터에서 가방 찾아 학교에 가는 아침.

4.

저녁 8시 30분, 준호는 더럽고 지치고 꼬질꼬질한 모습으로 여름 해가 서서히 어둑어둑해질 때야 놀이터에서 돌아온다. 마구 저녁밥을 먹은 후에는 이내 거실에 엎드려 책을 몇 권 읽더니 "아, 자야지" 하면서 침대로 기어든다. 그리고 노곤히 하는 말.

"엄마, 오늘은 청소 안 하고 자도 돼?"

사실, 준호는 거의 바깥에서 놀기 때문에 직접 어지럽힌 것도 없고 또 얼마나 지쳤을까 싶어 그냥 재우려는 참이었는데 먼저 물어보는 기특한 아이.

"청소? 그래. 그럼 10개만 하고 올래?"

"알았어. 빨리해야지."

그러나 침대에 부조처럼 달라붙은 준호는 대답을 끝내기도 전에 곯아떨어진다. 나는 그저 고단했을 준호의 발과 다리를 쓸어내리며 침대 발치에 앉아 있다.

5.

"엄마, 게임하고 싶어."

준호가 조르면 나는 험상궂은 얼굴을 한다. 그럼 준호는 풀이 죽어 돌아가는 대신 빙긋 웃으며 "엄마, 한 판만!" 하면서 몸을 흔든다.

"안돼! 이준호."

더 엄격하게 말하면 "하. 히히. 엄마. 한 판만. 엄마. 앙~" 하면서 내 팔을 잡아 흔들고, 뭐가 그리 우습다는 건지 더 크게 웃고, 특이한 의성어들을 조합해 노래를 부른다. 혼을 낼 때도 비슷하다. 준호는 막 웃어젖힌다. 그럼 나도 이 신기한 아이를 바라보며 웃을 수밖에 없다.

남편은 어린 시절 시어머님이 회초리를 들 때면 회초리 끝을 딱 붙잡고 "엄마, 잘못했어요. 정말 잘못했어요. 엄마 한 번만 용서해 주세요. 엄마, 잘못했어요" 하면서 싹싹 빌었다고 한다. 옆의 형님(남편의 누나)은 꼿꼿이 서서 정해진 횟수만큼 손바닥을 다 맞는 반면에.

그런 남편을 닮았을까. 준호는 웃음으로 많은 것을 해결한다. 아빠를 너무나 사랑해서 아빠의 모든 것, 심지어는 아빠의 숨은 콤플렉스까지 닮고 싶어 하는 준호. 언젠가 이 아이도 진지하고 상처받고 반항하는 날이 오겠지만 지금의 준호는 준호로서 충분하다.

한호의 마음

1.

형들과 놀이터에 나갔던 한호의 쩌렁쩌렁한 목소리가 베란 다를 타고 넘어왔다. 쉬가 마려워서 돌아온 것일 텐데, 나는 막 잠들려는 아기를 안고 있던 터라 재빨리 일어서지 못했다. 엉 거주춤 아기를 품은 채 현관문을 열었더니 상황은 이미 종료.

"엄마 쉬 쌌어."

"그래, 괜찮아. 어서 들어와."

조심했지만 결국 막내는 소란스러운 상황에 눈을 뜨고 멀뚱 히 형을 쳐다보았다. 바지가 흥건히 젖어 벗기는 게 쉽지 않았 다. 허리춤부터 돌돌 말아 바지를 뒤집어 벗기고 샤워기로 고 추와 다리를 씻어 주었다. 수건과 함께 욕실 밖으로 내보냈더 니 곧장 아기 앞으로 가서, "규호야, 우리 규호야" 하면서 애교를 떤다. 동생 앞에서도 발가벗겨져 있음을 전혀 개의치 않는 한호. '형'이라는 호칭을 가졌지만, 여전히 어리기만 한 다섯 살 존재. 고개를 숙여 작은 아기 얼굴에 자신의 높이를 맞추고 고갯짓을 까닥까닥하는데 얼마나 예쁜지. 내 눈에는 한호 역시 여전히 아기, 형인 아기이다.

2.

"엄마 나도 형아처럼 게임할래" 하면, "아니지. 한호는 아직 어리잖아. 큰형아 아니잖아. 형아는 한호 나이 때 게임을 어깨 너머로 본 적도 없어" 하고, "엄마. 규호가 내 스케치북 찢었어. 엉엉" 하면, "이한호. 한호는 아기 아닌데 형아인데 이렇게 울고 징징대면 안 되지" 하고.

형도 아니고 아기도 아닌 애매한 시절을 살아가는 셋째. 문득 미안하고 안타까운 마음에 화들짝 돌아보면 다행히 무언가에 열중하면서 괜히 걸어 보는 농담에도 활짝 미소 짓는다.

한호의 눈웃음에 안도하고 고마워하며 지내온 나의 다자녀 엄마 시절도 그렇게 한 해, 두 해, 벌써 일곱 번째.

위아래로 낀 한호의 위치를 좀 더 살피는 엄마가 되겠다고 다짐한다.

3.

늦은 오후, 놀이터에서 팔을 다쳤다고 엉엉 울며 돌아왔지만 곧 잠들어 버렸기에 '엄살이었던가' 하고는 대수롭지 않게 지나쳤다. 그러나 깨어날 즈음 한호의 팔을 만져보던 나는 퉁퉁 부어오른 붓기를 확인하고 깜짝 놀랐다.

다음날 응급실에 갔다. 수술을 할지 고민해야 할 만큼 부러졌다고 했다. 수술을 하려면 필히 코로나 검사를 해야 하고, 부모가 병원에 머무는 게 제한될 수 있는 상황이었다. 무엇보다 나로서는 집에 돌봐야 할 다른 아이들이 있으니 수술만은 피하고 싶었다. 다행히 부러진 정도가 애매하고 팔꿈치 뒷부분이 받혀주고 있어서 외래 통원 치료를 받기로 결정됐다.

"한호야 깁스해서 어때?"

"좋아. 로봇 팔이야! 히히."

팔이 아프고 불편하지만 아직 다른 형제들은 못 해본 깁스를 하고 있다는 묘한 기쁨. 옷을 벗고 입을 때 과도한 배려와 친절을 받는 흐뭇한 기분. 지난해 가을, 급성장염으로 입원해서 3박 4일 동안 맛있는 흰죽 먹고 독방에서 텔레비전도 보고 돌아온 준호의 경험이 우리 집 형제들 중 유일한 것이라 은근한 자랑이었는데, 한호의 깁스도 꼭 그렇게 되었다.

4.

규호가 "고아아, 고아아"하면서 "고마워"를 말하고 있었다. 단어 자체를 표현하는 것에도 놀랐지만 문득 아기의 마음속에 있는 감정에 뭉클했다. 아기는 외우기라도 하듯 똑같은 음운을 계속 반복했고 나는 환호의 박수와 엄지손가락 치켜들기를 번갈아 하며 탄성했다. 그러나, 한편 못내 아쉬운 마음.

"우리 규호 이제 말할 거예요? 이제 아기 안 할 거예요?"

옆에 있던 여섯 살 한호가 말했다.

"엄마, 괜찮아. 규호 네 살 돼도 귀여워. 나 봐. 여섯 살인데도 귀엽잖아."

5.

규호가 또 뭔가를 말하려고 했다. 어제 일을 떠올리며 다시 유난스레 물었다.

"규호야, 규호 이제 말 잘할 거예요? 아기 안 할 거예요?"

그러면서 자연스레 한호를 봤다. 한호가 손가락으로 눈 앞에 동그라미를 그려 보였다.

"엄마 괜찮아. 규호 그래도 이렇게 생겼어."

'동그랗게 생기면 귀엽다'는 뜻이었다. 귀여움이 필요한 엄마에게 여전히 귀여움이 있을 테니 안심하라고. 정말 한호가 '괜찮다'고 가리키는 곳에는 언제나 '괜찮은 해석'이 있었다.

6.

물론 사이즈는 많이 다르지만, 잠든 아기 옆에 데칼코마니처럼 마주 보고 누워서 아기 손을 만지작 하는 한호.

"한호야, 규호 좋아? 예뻐?"

한호는 그렇다며 웃었다.

"왜? 아까는 규호 없어졌으면 좋겠다고 했잖아."

"엄마. 아기는 자야 해. 자면 예뻐."

아기는 웃을 때보다 잘 때 더 예쁘다는 걸 한호도 알고 있는 걸까. 사실 한호 역시 형 노릇에 고단하기도 하리라. 지금 한호는 감은 아기 눈을 까뒤집어 흰자위를 가득 드러나게 해놓고는 이상하고 웃긴다고 말하고 있다. 규호 때문에 속상한 날을 보내기도 하지만, 그럼에도 잠든 아기는 한호에게 귀여운 장난감, 여전히 소중한 동생.

7.

노산에 면역력도 약해서 넷째 임신 기간 내내 어려움이 있었지만, 아기는 건강하게 태어났다. 10세, 8세, 5세 형들은 '아기'라는 존재의 특별함을 인지하는 능력이 있었고, 아기를 사랑하고 예뻐해 주었다.

가장 어린 형, 다섯 살 셋째에게 혹 부정적인 영향을 미치지 않을까 조심스러웠지만 셋째 역시 오로지 '형'이 되었다는 사

실에 고무되어 있었다. 동생을 끌어안고 "내 동생, 내 동생" 뺨
을 비볐다. "한호야, 아직 아기를 너무 가까이하면 안 돼" 했더
니 한호가 소리쳤다.

"엄마 동생도 아니잖아요!"

80개의 손톱 발톱

늦은 시각, 집에 돌아온 남편은 자리에 눕기 전 이미 잠든 아이들의 부쩍 자란 몸을 가만히 내려다본다. 때로는 대략 날짜를 가늠하고서 한 명, 한 명의 손을 이불 밖으로 꺼내어 눈 가까이 갖다 댄다.

"이렇게 빨리 자라네."

캠핑용 등을 옆에 세워 두고 손톱 발톱 80개를 깎는 밤. 오래전 첫날에는 작은 라이트를 입에 물고서 낑낑대던 그였는데…… 그의 아빠 노릇도 어느새 무르익었다.

옅은 빛 사이로 그의 등이 보이고 벽에는 커다란 그림자가 생겼다.

아기의 성실한 하루

예배당 제일 뒷자리 내 무릎 위에 앉아 찬송가를 코 가까이 바짝 붙이고 목청껏 '아 아' 노래를 부르는 아기. 팔에서부터 일으킨 진동으로, 짝짝 소리가 커다랗게 울리도록 열심히 손뼉을 치기도 한다. 그때마다 함께 예배드리던 분들이 힐끔힐끔 뒤를 돌아보며 활짝 웃었다.

오후, 비눗방울을 따라가다가 넘어져서 무릎에 상처가 났다. 형들 틈에서는 모래를 움켜쥐었다가 손가락 사이로 흘려보내기를 반복하고 반복했다. 집에 돌아와서 밥도 잘 먹고 수박도 여러 조각 먹었다. 물론 "엄마, 머거. 머거 바" 예쁜 말도 잊지 않으면서.

초저녁에는 아빠와 함께 자전거를 고치러 다녀왔고, 저녁을 먹은 후 몸을 비척이더니 견과류를 입속에 잔뜩 넣은 채 곧 잠이 들었다. 곯아떨어진 아기의 입을 벌려 씻기고 옷을 갈아입히고 자리에 뉘었다. 나도 잠시 아기 곁에 가만히 누웠다. 내 얼굴과 마주 보도록 아기의 고개를 조심스레 내 쪽으로 돌리고 아기의 하루를 되짚었다. "예뻐, 사랑해"라는 말은 잠든 아기에게 늘 속삭이는 말. 오늘은 자연스레 "수고했어"라는 말을 덧붙였다.

아기가 가족뿐 아니라 많은 이웃들에게 선사하는 기쁨과 웃음의 의미란 무엇일까. 누군가와 이야기 소재를 찾지 못해 어색한 분위기 속에서 주춤할 때, 아기는 대화의 물꼬를 트는 역할을 한다. 몸과 마음이 축축 가라앉아 우울한 날에도 신발을 품에 안고 밖으로 나가자고, 나를 햇볕으로 이끈다. 관계를 부드럽게 하고, 나를 일으키고, 또 스스로 쑥쑥 자라는 일에도 최선을 다하는 아기의 삶.

아기야, 한 가지가 더 있어. 따뜻하게 늘어진 팔과 다리로 엄마를 안아주는 것까지 해야지. 잠든 아기의 팔로 내 목을 두르고 가슴을 맞닿게 했다. 잠든 순간까지 나를 따뜻하게 안아주던 아기의 성실함, 수고했어.

둘.

다만 내가 할 수 있는 것

숲에서

　승호의 방과 후 과정이 갑작스럽게 휴강 되었다. 텅 빈 자유 시간을 손 위에 올려놓고 구슬 굴리듯 가늠하다가, 문득 그동안 시간이 맞지 않아 미루고 있던 숲 체험을 떠올렸다. 시청이 주관하는 어린이 숲 해설 프로그램이었다. 슬러시를 하나씩 들고 뜨거운 햇살을 비켜 가며 둘레길과 맞닿아 있는 공원까지 약 20분을 걸었다. 집합 장소에 도착해 보니 참가자는 우리 가족뿐이었다.

　오늘 우리를 인도해 주실 할아버지 선생님은 10세, 8세, 5세, 7개월 그리고 엄마라는 조합에 누구를 기준으로 할지, 유모차를 밀고 가려면 어디까지 닿을 수 있을지 동선을 체크하며 다소 당황하신 듯 보였다. 그러나 곧, 전문가다운 설명이 시작되었다. 아이들은 선생님이 준비해 온 종이를 접어 날리다가도 양말을 벗고 계곡에 첨벙 뛰어들거나 청설모를 발견하고 달려나갔다. 산만한 분위기가 민망할수록 나는 더 열심히 듣고 질문하는 학생 역할을 자처했다.

"아까 준호가 단박에 양말을 벗고 물속에 들어갔잖아요. 그러기 쉽지 않아요. 순간 '앗 차가워, 숲의 물은 차갑네' 하고 느낀 것, 그건 준호만 느낀 거예요. 오랫동안 몸이 기억할 거예요."

"지금 승호처럼 나무에 오르고 숲 사이를 뛰어가는 것을 어떤 이는 위험하다고 하지만 나는 괜찮다고 봐요. 공기를 느끼고 있어요."

과정이 다 끝난 뒤 선생님은 아이들이 어리니까 해설보다는 그저 뛰어 노는 것이 더 낫고, 억지로 집중하라고 몰아붙이는 것보다는 자유로운 것이 좋다고 말씀해 주셨다. 나는 위로뿐만 아니라 용기를 얻었다.

뙤약볕을 피해 다시 같은 길을 따라 집으로 돌아왔다. 더운 땀을 닦기 위해 세수를 하고, 간단히 간식을 먹고 난 뒤, 한호는 다시 놀이터로 나가자고 나를 끌어당겼다. 승호와 준호도 태권도장에 다녀온 뒤 곧장 놀이터로 합류했다. 숲을 오가는 두세 시간이면 그날 치 놀이는 충분했다고, 그것이 오늘의 하이라이트라고 생각했는데…… 결국 어둑해져서야 집으로 돌아와 피로를 씻으며 "오늘은 뭐가 재밌었어?" 물으니 모두 놀이터 또는 태권도장 이야기뿐이었다.

그럼에도 불시에 소나무를 마주치면 그 잎이 두 갈래인지 세 갈래인지 유심히 살펴보고, 책에서 특정 곤충 사진을 발견하면 직접 만져 본 것이라고 자랑했다. 놀이터보다 정적이고 한 발짝 한 발짝 꾹꾹 눌러 걸어야 하는 숲으로 가는 길, 나설 때는 늘 주저하게 되지만, 숲은 우리 가까이 있었다.

사소하고 중요한 하루

늦잠에서 깨어나는 한호의 얼굴을 동그랗게 만져 주면서 "잘 잤니?" 물었다. 입술 끝자락에 약간 벌어진 상처가 보였다. 작은 트집이지만 꽤 쓰라릴 텐데. "어? 아프겠다!" 했더니 "아나파!" 동그랗게 '아' 발음하는 모양으로 벌린 한호 입, 오늘 한호의 첫 마디가 참 예쁘고 씩씩했다.

어제 남편이 봐온 장바구니 속에 커다란 양배추가 들어있었다. 질기고 짙은 초록의 겉잎이 많이 붙은 채로. 한호에게 억센 잎들을 뜯어보라고 놀잇감처럼 내놓았다.

한호가 부엌 바닥에 앉아 책을 읽을 때는 햇볕이 거실로 들어오는 길을 알려 주었다. 같은 시간 속에 있어도 집 안쪽과 바깥쪽에 머무는 빛이 다르다고. 한호는 빨래 담는 바구니처럼 동그랗게 볕이 드는 공간을 찾아 들어가 다시 책을 펴고 엎

드렸다.

거실에 이불솜을 깔아 두고 이불 커버를 차르르 휘날리며 그 위에 펼쳤다. 낙하산처럼 공기를 품었다가 가라앉는 이불 커버의 커다란 하강. 한호는 한껏 반짝이는 눈빛으로 엄마가 붙든 이불의 곡선을 바라보았다.

"솜을 여기 집어넣는 거야. 따뜻한 이불 덮을 수 있게."

"내가 도와줘야 해?"

"그럼!"

한호야. 알고 있니? 너와 함께 하는 작은 일들에 엄마가 얼마나 설레는지. 너에게 이런 사소하고 중요한 것을 알려줄 수 있어서, 네 삶에 가장 처음 자리에서 만나는 것들을 함께 나눌 수 있어서. 양배추의 못 먹는 잎, 겨울 이불 준비, 햇빛의 움직임 같은 것을 우리 가운데 놓을 수 있어서.

수박 씨앗

입김만 불어도 후 날아갈 것 같은 오이 씨앗과 방울토마토 씨앗을 심었다. 정말 설명서에 나온 그림대로, 씨앗이 흙을 뚫고 올라왔다.

"와, 이것 봐. 싹이 났어."

모두의 환호 속에 나는 놀란 마음을 감추었다. 사실 씨앗이라기보다 그저 장난감 모형 정도로 생각하면서 실제 생명을 품고 있으리라고는 기대하지 않기에. 그러나, 발아한 씨앗은 잎의 크기를 넓히며 줄기를 쑥쑥 세워갔고 작은 화분은 곧 포화상태가 되었다.

며칠 전, 싹 하나가 검은 지붕을 쓰고 있는 것을 발견했다. 흙이 묻었나 싶어 살짝 털어 내려는데 떨어지지 않았다. 가만 보니 줄기의 모양도 곁에 있는 오이나 토마토와는 달랐다.

바짝 마르면서 몸을 벌리고 있던 검은 점의 존재는 다름 아닌 수박 씨앗으로 밝혀졌다. 한호가 장난삼아, 아니 순수한 한호로서는 진심을 다해 심었을 수박 씨앗이 싹을 틔운 것이다. 수박의 경우 씨앗이 흙 속에서 분해되지 않고 줄기가 제법 키를 키울 때까지 초록 새싹 위에 붙어 있다는 걸 처음 알게 되었다.

어느 날 싹 끝에 붙어 있던 수박 씨앗이 반으로 쪼개져 흙으로 떨어졌다. 그런데 그 옆에 또 다른 검은 지붕을 쓴 새싹이 돋아나고 있었다.

한호가 총 3개의 씨앗을 심었다고 고백했다.

포장지에 담긴 지혜

떨어진 곡식 통을 채우며 한살림 쌀 포장지를 꼼꼼히 읽었다. 상품을 과대하게 포장하는 광고가 아니라, 한 문장 한 문장이 학술적이면서도 생각 거리를 던져주는 메시지였다.

승호를 불러서 '일미 칠 근, 쌀 한 톨을 얻기 위해 농부가 흘리는 땀이 일곱 근'이라는 사자성어를 따라 써보게 하고, 한 근은 600g, 고기의 양을 재는 단위라고 일러 주었다.

'쌀 시장 개방으로 근간이 흔들리는 우리 농업'

'제초제와 화학비료 없는'

'벼농사에는 홍수조절, 대기 정화, 수질 정화, 생물과 생태계 보전에 이로운'

글자를 되짚어가며 쌀을 둘러싼 사회와 경제, 식물 한 살이의 과학에 대해 이야기 했다.

농부들의 수고와 지구의 선물이 그대로 담긴 하나의 산문. 이것이 엄마의 읽어주기가 아닐까. 비단 책이 아니더라도 알뜰한 주위의 지혜를 모아 아이들에게 읽어주고 싶다.

다만 내가 할 수 있는 것

어린이집에 보내지 않고 온종일 같은 공간에 있다고 해서 늘 적극적으로 놀아주거나 시간을 나누어 주는 것은 아니다. '장기전'의 현실에 비춰보면 오히려 종일 같이 있는 게 비효율적일 수 있다는 자괴감도 정기적으로 찾아온다. 같은 맥락에서 셋째 넷째를 기르면서는 첫째 때의 세심함과 설렘이 상대적으로 무뎌졌음을 실감한다. 아이들은 엄마의 활기차고 정성스러운 모습뿐만 아니라 지치고 피로하고 실패하는 상황까지 알아갔다. 그럼에도 아이들 옆에서 현존하는 엄마, 그 역할만은 지켜내고 싶었다.

"승호 어린이집에 보내, 아직도 데리고 있어? 둘째 낳기 전에 승호 적응시켜야 한다. 너무 힘들어져."

첫째 승호가 채 두 돌이 되기 전, 둘째 출산을 앞두고 이웃들의 적극적인 권유에 결국 한 기관의 문턱을 넘는 모험을 시도했다. 두근거리던 내 심정과 달리 승호는 새로운 장난감과 활기찬 분위기에 호기심을 보이며 당장이라도 적응할 기세를 보였다.

그런데, 내가 "승호야. 여기 너무 좋지? 이제 승호는 여기서 재밌게 놀면 돼. 맛있는 것도 많이 먹고. 그럼 엄마가 잠깐 집에 갔다가 다시 데리러 올 거야"라고 말했을 때, 그 뜻을 알아채고 손에 쥔 장난감을 가만히 내려놓았다. 그 후 며칠간 함께 등원해서 오전 내내 한쪽 구석에 앉아 있었지만, 선생님과 친구들 무리에 속했다가도 엄마를 확인하러 다가오는 승호 모습, 다른 친구들과 선생님께 폐를 끼치는 것은 아닐까 하는 불편한 마음에 결국은 최종 입소를 포기했다.

"애들은 잘하는데 엄마 마음 약한 게 문제예요. 우는 것도 그때 잠깐, 엄마 나가고 나면 언제 그랬냐는 듯이 잘 놀아요. 아이들이 약았어요."

엄마 마음을 안심시키려고 하는 말이겠지만, 나는 그런 위로가 거짓말 같았다. 소리 지르며 우는 아이들, 말을 못 해서 눈물로 대신 마음을 전하는 아이들. 만약 아이가 논리적으로 또박또박 자기 마음을 표현할 수 있다면 그 말은 얼마나 무거울까. 나는 내가 어린이집 문을 열고 나가려 할 때 승호가 흘리던 눈물을 '또박또박 들리는 언어'로 읽고 싶었다.

어느 노부부의 일화가 자주 상기되었다. 할아버지가 마당 화단에 물을 주고 있었다. "저녁에 비 온다는데 왜 물 줘요?" 어느새 옆으로 다가온 할머니가 말했다. '지금 물 주는 것은 비효율적이에요. 괜한 수고예요. 곧 비가 올 텐데요' 하는 뜻이었으리라. 할머니의 질문은 일견 논리적인 것 같았지만 할아버지는 다르게 생각했다. '지금 물을 주는 것은 꽃이 지금 목마르기 때문'이라고. 꽃의 '지금'에 집중하고 싶다고.

엄마 10여 년 차. 그러나 여전히 '엄마'라는 존재로서 서툴고 허술하다. 간단하게 준비할 수 있는 저녁은? 아이들을 까무러치게 웃길 수 있는 놀이는? 기침할 때 특효약은? 형제가 싸울 때 엄마의 지혜로운 역할은? 이런 기습 질문이 던져질 때, 경험이 증명할 수 있는 답변은커녕 오히려 가슴이 콩닥콩닥 뛴다. 나의 허술한 내공이 드러나는 건 아닐까 두려운 마음이다.

그저 내가 할 수 있는 것은 지금 함께 있기. 자다가 일어나 화장실 가기가 무섭다는 아이의 손을 잡고 함께 가는 것, 분리수거할 때 기어이 따라나선다고 하면 귀찮아하지 않고 외투를 입혀 데려가는 것. 네가 필요할 때 너의 곁에 있는 것. 그것이 전부였다.

아빠의 방패막이

놀이터가 북적이는 데 비해 그네는 하나뿐이라 경쟁이 치열했다. 온몸의 촉수를 곤두세운 듯, 아이들은 멀리서도 '곧 그네가 빈다' 싶으면 곧장 뛰어와 낚아챘다. 그렇다고 줄을 서서 기다리자니 지금 그네를 타고 있는 아이에게 그만하라고 독촉하는 것 같아서, 나는 승호에게 다른 놀이기구를 권유했다.

몇몇 초등학생들은 영아용 그네, 그러니까 의자에 양쪽 다리를 끼워 넣고 타는, 세 돌 미만 아기들을 위한 그네에 엉거주춤 올라서 있었다. 나는 자연스레 미간을 찌푸렸다. 그런데 어느 순간 승호가 그 영아용 그네에 올라서려고 발을 내딛고 있는 것이 아닌가. 이럴 수가! 얼른 승호를 내려오게 한 뒤 호되게 혼을 냈다.

얼마 후, 남편과 함께 같은 장소에 다시 가게 되었다. 늦은 시각이라 지난번과 달리 한산했다. 나는 문득 승호의 행동이 떠올라 다시 속상해졌다. 그런데 남편은 대수롭지 않은 듯 여겼다.

"저기 봐."

한 남자 어른이 그물 놀이터 위에 올라가 뒤뚱뒤뚱 중심을 잡고 있었다. 남편 역시 힘껏 준호를 밀어주다가도 두어 번 직접 짚라인에 올라탔다. "야, 이거 재밌네" 양복까지 입은 채로.

"우리(남자)가 좀 그래."

남편의 말에 여러 가지로 복잡했던 마음이 정리됐다. 마치 '좀 봐줘. 그런 호기심이 발동할 때도 있어. 이런 건 심각하지 않게 넘기면 좋겠어'라고 하는 것 같았다. 고작 몇 가지 행위로, 나는 승호의 공중도덕에 대한 태도 전체를 의심했다. 내 자녀가 평소 내가 싫어하는 행동을 했다는 것, 그러니까 내 자녀가 내 체면에 상처를 입혔다는 것 때문에 더욱 가혹했다. 그러나 이건 또 다른 의미에서 공정하지 못한 일이었다.

남편은 나를 위로하는 대신 승호 입장을 대변했지만, 나는 거기서 오히려 평화로움을 느꼈다. 무엇보다 승호의 방패막이로서 존재하는 아빠의 모습이 든든하고 감사했다. 진정한 모성은 늘 반성하고 수정될 수 있어야 한다고, 나는 믿었다.

첫 외출

첫째 출산 후 처음 혼자만의 외출이라면 믿을 수 있을까.

기저귀도 아기 여벌 옷과 간식도 챙길 필요가 없으니 커다란 가방 대신 구석에 있던 각진 핸드백을 꺼냈다. 책과 파우치, 장지갑, 물티슈 그리고 접는 우산까지 넣었더니 어느새 가방이 불룩해져서 각을 흐트렸지만, 어깨에 올려 매지 않고 짧은 손잡이를 잡아 쥐는 것만으로도 자세가 꼿꼿해지는 느낌이었다.

승호와 함께 집을 나섰다. 부스스 무릎 나온 옷을 입은 채 "어, 잘 다녀와" 배웅하는 대신 화장까지 한 엄마가 등굣길에 함께 해서인지 승호의 표정이 환했다. 그건 나도 마찬가지였다. 교문 앞에서 굿바이 손을 흔들고 돌아섰다. 아마도 오늘 일정에 설레어 발걸음을 재촉했기 때문일까. 평소와 다른 태도였음을 승호가 부르고서야 깨달았다.

"엄마!", "엄마 잘 가."

"응. 승호야 잘 가."

이번에는 놓치지 않고 승호가 사라지는 모습을 끝까지 바라보았다.

역에 도착해 높은 계단을 올라갔다. 매번 유모차를 밀고 있어서 엘리베이터로 곧장 향했었는데…… 이 역의 계단을 밟는 것이 처음이라는 걸 새삼 느끼며, 이왕 엄마가 엘레베이터를 타야 하니까 함께 타도 되건만 늘 "나는 계단!" 하며 뛰어가던 승호, 준호의 발걸음을 떠올렸다.

한 정거장 이동 후 내린 환승역에서 많은 사람들이 종종 내달리고 있었다. 그것이 문득 낯설어 그 뒤를 가만 쳐다보았다. 출근 시간을 벗어난 시각이었지만 여전히 목적지를 향해 분주하게 움직이는 무리를. 에스컬레이터에서는 우행 서서가기, 좌행 걸어서 올라가기 두 가지 방법으로 각각 두 줄이 윗층을 향하고 있었는데, 이 역시 잊고 있던 장면이었다. 나도 10년 전에는 이렇게 뛰거나 에스컬레이터에서마저 걸어 올라가는 바쁜 직장인이었는데, 아기를 키우는 동안 어느덧 아기의 속도가 되어 있었구나.

한 층 올라왔다가 다시 내려가는 에스컬레이터에서도 여전히 많은 사람들이 걸었지만 나는 가만히 서 있었다. 그러나 씽 씽 사라지는 사람들의 꽁무니를 눈으로 따라가 보니 지하철이 출발하지 않고 꽤 오래 정차한 상태였다. 이번에는 나도 살짝 뛰었다. 그 순간은 마치 여행지에서 현지인들을 흉내내는 것 같았다. 유적지를 가고 박물관을 가는 대신, 마을 빵집에서 바게트를 사고, 출근하는 현지인 느낌.

저렇게 입고 춥지 않을까 염려하면서도 젊은 여자들의 패션에 끄덕이고, 지하철 내부에 임신석이 생긴 것을 확인하면서 나의 임신 시절, 일산에서 청담까지 지하철로 출근하던 혹독한 몇 개월을 떠올렸다. 임신석에 중년의 아주머니가 엉거주춤 앉는 것을 보고서 아주머니는 임신할 수도 있지 하며 웃었고, 아저씨가 겸연쩍게 앉으실 때는 임신 여성이 나타나면 비켜 주시겠지 인색하지 않게 지나갔다. 강남으로 넘어 가는 2호선에 '잠실새내역'이 있었다. 낯선 이름에 갸우뚱하다가 '신천역'이었던 것을 기억해냈다. 마침내 도착한 강남역에는 어묵, 김밥, 토스트 냄새가 났다. 공간의 이동과 시각적 인식뿐 아니라 후각적으로도 되살아나던 지난 시간들의 잔상.

짧은 일정을 마치고 돌아오는 지하철에서 앉아있는 사람들의 무릎에 가족을 소개하는 안내문과 볼펜을 올려 놓고 천 원을 바라는 아저씨를 만났다. 나는 볼펜 두 자루를 샀다.

결혼하기 전에는 지하철 내에서 물건을 파는 이들, 구걸 하는 이들을 하루에도 몇 번씩 만났다. 미안하고 부담스럽고 불편한 마음. 언젠가 어느 입사 동기로부터 "그날 만나는 처음 분께 천 원을 드린다"라는 이야기를 듣고서 나도 조금은 평안한 마음으로 그렇게 했다. 모두를 도울 수는 없지만 한 순간 한 명을 도울 수는 있으니까.

결혼 전 자주 걸어 다니던 교보문고를 들러볼까 하다가 정확하게 약속한 일정만 소화하고 서둘러 집으로 돌아왔다. 오늘 아침 한호의 등원은 남편이 맡아 주었지만 하원은 내가 맞이할 수 있을까 싶은 마음으로. 예상보다 이십여 분 일찍 도착했고, 엄마가 어디 다녀온 건지, 집에 과연 없었던 건지 도통 가늠하지 못하는 한호를 맞이했다.

첫째와 둘째가 다섯 혹은 여섯 살이 되어 유치원에 다니기 시작해도 셋째, 넷째가 있었기 때문에 나는 어디든 꼭 허리춤의 아이를 동반해야 했다. 아기의 출입이 허락되지 않는 곳은 갈 엄두도 내지 못했다. 병원에 가야 할 때도, 남편은 집에서 혼자 아이들을 돌보는 대신, 우르르 함께 가서 로비에서 기다리는 편을 택했다. 사실 남편 없이 산부인과에 갈 때도 첫째든 둘째든 아이와 함께 가서 초음파를 통해 미래의 동생을 만났다.

그런 오랜 시간 때문인지 혼자만의 외출은 낯설고 여행 같고 두근거렸다. 그럼에도 나의 외출 목적은 아이들과 더 재밌고 즐겁게 지내는 방법을 배우기 위했던 것.

가정을 이룬 후에는 혼자 있든 그렇지 않든, 개인적인 사안이든 집안일이든 다 가족이 연결되어 있었다. 그리고 가정 내에서 나의 정체성을 찾는 것이, 때론 나의 이름 대신 엄마라고 불리는 것이 꼭 자기를 잃어버리는 일은 아니라는 것을 기쁘게 확인했다.

내향적인 아이

2학년 2명, 3학년 1명, 4학년 1명, 5학년 2명, 6학년 1명이 어울려 노는 놀이터의 왁자지껄함을 구경하고 있다. 서너 살 아기들의 뒤를 봐주고 미취학 아이의 요구를 들어주는 놀이터 붙박이의 일상에서, 다 자란 어린이들의 주체적인 놀이 현장을 보는 것은 또 다른 즐거움이다. 땀을 뻘뻘 흘리면서도 물 한 모금 들이켜고 곧장 내달리는 어린이들의 에너지에서 삶의 열의와 희망을 실감한다. 무슨 일이 있어도 놀고야 말겠다는 결의!

아이들은 30분째 술래를 정하고 있다. 잠시 쉬거나 물을 마시기 위한 소강상태에 있다가도 갑자기 누군가가 "야, 뱅뱅이에 늦게 오는 사람 술래!" 하고 뛰면 모두가 갑자기 우르르 달려가서 뱅뱅이에 올라탔다. 꼴찌로 도착한 어린이가 술래인데

"아, 나 못 들었어. 술래 안 해" 이런 투정이 발현되었을까. 곧 "미끄럼틀에 늦게 오면 술래!" 또 누군가가 외쳤다. 그러면 다시 우르르 미끄럼틀로. 그럼에도 술래를 못 정했는지 "가로등에 늦게 오면 술래!" 이렇게 이곳으로 뛰고, 저곳으로 뛰고, 또 뛰고, 그러다 엄마의 호출을 받고 누군가는 빠지고 또 다른 어린이가 새롭게 합류하고…… 술래를 정하려다 해가 뉘엿뉘엿. 놀이터에서는 싸움도 빈번하게 발생하지만, 이 그룹은 제법 단단한 팀이 되어 서로를 곧잘 용납하고 수용했다.

승호가 예닐곱 살 때, 주일 오전 예배를 마친 뒤 때론 저녁 예배 때까지 교회에 남아 있곤 했다. 아이들을 데리고 집에 갔다가 곧 되돌아 다시 나서는 걸음이 쉽지 않았기 때문이다.

가끔 넓은 영아부실에는 우리 외에도 다른 몇 가족이 함께 있었다. 그럴 때면 달리고 점프하고 몸 놀이를 하는 어린이들의 열기가 영아부실에 가득 찼다. 그리고 저만치 떨어져서 레고를 만들거나 책을 읽는 승호. 때로는 함께하고픈 마음 때문인지, 단지 구경하고 싶은 건지 신나게 노는 친구와 형들을 응시하기도 했다. 그럼 같이 놀라고 등을 떠밀기도 했는데, 승호는 곧 뒷걸음쳐 되돌아왔다. 나는 어쩔 수 없다고 생각했다. 내가 바로 그런 성향이니까. 모든 엄마가 이야기꽃을 피우고 있어도 나는 잠든 아기 옆에 앉아 책을 읽는 게 더 좋았다.

사회성 운운하는 충고를 들을 때면 솔직히 불안한 마음도 들었다. 무례하다고 생각하기도 했다. 그러나 '어울려 노는 행위'는 강제할 수 있는 게 아니므로 나는 그저 기다릴 뿐. 성향을 인정하고 멀리 바라보는 것, 그것이 유일한 길 같았다.

사실 고립되어 연구에 몰두하는 과학자뿐 아니라 사람들과 부딪히는 직업을 가진 사업가, 심지어는 운동선수도 중에도 내성적이고 내향적인 사람들이 많았다.

승호의 성향이 한쪽으로 두드러진 듯 보였지만, 유치원 생활도 잘했고 초등학교에도 설레는 마음으로 입학해서 무난하게 다니고 있었기에 크게 걱정하지 않았다. 그러던 중, 1학년 2학기가 시작되고 얼마지 않아 승호는 갑자기 학교에 가기 싫다고 했다. 이유를 캐묻고 보니 운동회를 앞두고 농악 악동 춤 연습이 한창인 시기였다. 연습이 강화되고 길어질수록 승호의 괴로움도 커졌던 것이다.

승호가 해야 하는 농악 악동 춤을 동영상으로 찾아봤다. 승호에게 맞지 않을 뿐 아니라 나로서도 소화하고 싶지 않은 내용이었다. 어린이들의 귀엽고 예쁜 몸짓, 군무에 도달하는 과정을 칭찬하고 격려하는 것은 좋지만, 나에게 그 춤은 마치 어린이들을 희화화하는 것처럼 보였다. 본인이 재기발랄한 것을 좋아해서 스스로 나서는 게 아니라면, 완강하게 거부 의사를 표현하는 아이에게 춤은, 특히나 그런 춤은 어울리지 않았다.

결국 선생님과 심각한 통화를 하기에 이르렀다. 선생님은 내가 승호를 설득해 주길 기대하며 대화를 시작했지만, 나는 오히려 승호가 춤을 추지 않는 게 좋겠다고 말씀드렸다. 1학년 부장을 맡고 있던 선생님은 그간의 경험과 철학을 바탕으로 확고한 의견을 피력했다. 노력하면 할 수 있다는 것, 자신의 학생 중 단체 활동에 빠진 학생은 한 명도 없었다는 것. '1학년 때 바로 잡지 않으면 고학년 때는 더 어려워진다'라고 협박(?)도 하셨지만 아쉽게도 승호와 나는 선생님의 교직 이력에 흠을 남기고 말았다.

승호는 나와 함께 관중석에 스탠드에 앉아 1학년의 발표회를 바라보았다. 대신 달리기 종목에서는 열심히 뛰었다.

얼마 후, 남편의 새로운 임지를 따라 다른 곳으로 이사하게 되었다. 승호에게 억지로 춤을 강요하는 교실에서도 벗어났다. 승호는 새로운 학교에서 조금은 낯설고 조금은 서툴게 적응하는 전학생으로서의 평범한 생활을 다시 시작했다. 그리고 아무리 책 읽는 것을 좋아하고 로봇 과학 조립을 좋아해도, 놀이터에서 '와와' 아이들의 함성이 들리면 뛰쳐나가 대열에 합류하는 어린이가 되었다. 승호도 그렇고 그런 남자 어린이였다.

오랫동안 함께 놀면서 키워진 단단한 공동체성 덕분이겠지만, 갑자기 "뱅뱅이로 늦게 오면 술래!"라고 외치는 것이 쉬운 일은 아닐 것이다. '내가 외쳤는데 아무도 반응 안 하면 어쩌지?', '야, 너나 해'라고 되레 핀잔을 주면 어쩌지?', '지금 타이밍이 맞을까? 얘들이 내 말을 들을까?' 나라면 숱한 계산을 할 것이다.

오늘 승호에게 이렇게 술래 정하기가 어려워서야, 최종 술래는 어떻게 결정되는지 물었다. 누군가 '아, 그래 내가 할게' 할 때도 있고 가위바위보를 할 때도 있다고 했다. 1학년 선생님의 예언과 다르게 승호는 놀이터에서 까맣게 그을리며 자라고 있다.

시가 되는 순간들

1.

승호, 준호가 루미큐브를 하자고 게임 상자를 꺼내는데 한호는 먼저 갖고 놀던 레고를 계속 만지작거리고 있었다. 승호가 "야, 이한호! 너 루미큐브 안 할 거야?"라고 부르는 순간, 갸우뚱하면서도 박하사탕처럼 시원해지던 나의 마음 밭. 한호는 겨우 숫자를 말할 수 있고, 읽을 줄은 전혀 모르는 다섯 살인데 형들이 끼워 주려는 것일까?

2.

한호가 할리갈리를 꺼내 왔다. 수를 더하는 게임이다. 한호가 할 수 있는 수준의 게임이 아닌데 어떻게 하려는 거지? 의아했지만 한호 앞에 앉았다. 한호는 카드를 나누어 주면서 종을 치는 게임이라고 제법 설명을 이어 나갔다. 이제 서로 번갈아 가며 카드를 한 장씩 내놓게 되었는데 한호는 엎어서, 그러니까 그림이 없는 뒷면이 위로 가게 카드를 내려놓았다. 물론 나도 따라 했다. 이게 무슨 의미가 있을까 하면서도. 몇 차례 카드를 내다가 갑자기 한호가 종을 칠 기세로 손을 치켜들며, "엄마, 엄마는 왜 손 안 들어?" 하고 물었다. 급하게 긴장한 표정으로 손을 내밀었고, 한호가 먼저 종을 쳤다. 나는 아쉽다고 종 옆의 바닥을 쳤다. 한호는 의기양양하게 웃었다. 그렇게 몇 번. 대체 종 치는 타이밍이 언제인지 모르겠지만, 다만 그때가 오면 '정말 종이 치고 싶다'는 액션으로 달려들었다. 그럼 한호도 엄마도 아주 즐거워하는 게임이 완성됐다.

3.

승호 준호는 학교에 갔고, 아기는 잠든 고요한 오전. 한호와 함께 여름 휴가 때 구입한 노래 CD를 들었다. 이전에도 몇 번 듣긴 했지만 집중했던 건 아니어서 깊은 노랫말은 몰랐는데, 한호와 이불을 감고 앉아 가만가만 따라 하니 노랫말 속의 철학과 의미가 들려왔다. 예쁜 동시에 백창우 선생님이 곡을 붙인 것, 우리 한호처럼 예쁜 어린이들 부르라고 만드신 것이었다.

그날 오후, 태권도장 간 형들을 기다리며 다시 CD를 틀었다. 3번 트랙이었던가. 전주가 흐르자 한호가 말했다.

"엄마, 이것 여우비다."

가르쳐 주지 않았는데 노랫말을 알아듣고 있었던 것이다. 한호 입에서 '여우비'라는 단어가 오물조물 발음되어 나올 때, 왈칵 감정이 북받쳤다.

지금 너와 나의 이야기는, 느린 저음의 목소리는 차마 기록하지 못할 음악이어서. 감히 베껴보려 한다면 쉼표, 표정, 우리가 서로를 보고 앉은 자세 모두를 빠짐없이 묘사해야 하는데 그것은 불가능하고, 설사 흉내 낸다 해도 턱없이 부족할 터여서. 다섯 살 한호와 엄마가 함께 들었던 음악, 곱고 착한 선율 속에 우리를 숨겨 놓자. 어느 때든 그 노래를 부를 때마다 한호의 다섯 살을 함께 꺼내 보자.

4.

한호와 자전거를 타기 위해 밖으로 나왔다. 하늘이 두 층으로 나뉘어 있었다.

"한호야, 하늘 봐. 저것 뭐야?"

"저것? 멍구름!"

한호가 먹구름을 알고 있는 것도 감격스러웠지만 그 표현이 재미있었다.

"한호야 멍구름 아니고 먹구름."

가르쳐 주어도 계속 멍구름이라고 주장한다. 그러고 보니 멍구름이란 이름도 맞는 듯했다. 멍이 들어 검은빛이 도는 구름.

《사랑해요 엄마》는 스물두 명의 인사가 그들의 어머니를 추억하며 쓴 사모곡 모음집이다. 그중 김용택 시인은 '시를 쓰는 일은 뼈를 깎는 아픔과 피를 말리는 고통이 뒤따른다고 하는데, 저는 그저 어머니의 말씀과 행동을 받아썼을 뿐입니다'라고 했다. 바람에 감춰졌다 드러났다 하는 호박꽃을 보며 어머니는 "저 건너오는 것이 우리 님이 아닌가. 아롱다롱 호박꽃이 날 속였네" 하는데 그걸 받아쓰면 시가 되었다고 덧붙였다.

내겐 아이들의 말이 그렇다. 그저 받아쓰기만 하면 시가 되었다. 물론 기록하고 싶은 순간을 놓치고 그 감상만 아스라이 남아 아쉬울 때가 많지만.

나는 지금 놀이터 귀퉁이 의자에 앉아 힐끔힐끔 노는 모습을 살펴보며 이 글을 홀짝홀짝 쓰고 있다. 한호가 보조 바퀴 달린 자전거를 천천히 굴리며 다가오고 있다. 정말이지 시가 다가오는 것 같다. 예쁜 입술, 예쁜 목소리로 어떤 시를 노래해줄까.

'내가 내가'에서 '같이 같이'로

드디어 "내가 내가!"의 시기를 넘겼다, 는 문장을 쓸 수 있게 되었다. 그동안 막내 규호의 시야는 점점 확장되고, 경험하고 싶은 것들을 향해 뻗은 손은 다양한 것들을 훑고 지나갔다. 아기의 추동력에 뭉클한 마음 역시 한 겹 또 한 겹 쌓였는데 점점 그 감동은 한숨과 분노와 인내의 시험으로 변모했다.

아파트 출입구에서 비밀번호를 눌러야 할 때, 규호는 "내가 내가!" 하며 짧은 손가락을 내세웠다. 그리고 아무 숫자나 누르다가 결국 내가 비밀번호를 눌러 문이 열리면 꺼이꺼이 울기 시작했다. 가끔은 다시 문이 닫힌 뒤, 만족할 때까지 비밀번호를 누르도록 기다려야 했는데 그 과정을 겨우 넘기고 들어서면 우리 집 현관문이 기다리고 있었고…… 비슷한 과정과 인내가 반복되어야 했다.

길을 걸을 때 손잡아 주는 것도 뿌리쳤다. "내가 내가!" 앞서 가도록 먼저 보낸 다음 너무 가깝지 않게 뒤따라가면서 위험 요소를 살펴야 했다. 은행이나 구멍가게의 미닫이문 앞에서도 스스로 '끄응' 문을 열고 들어선 다음 들어오라는 손짓 허락을 받고서야 출입할 수 있었다.

스스로 시도의 시간이 충분했던 것일까. 30개월 규호는 아파트 현관 출입문에서 #을 누르고 "엄마!" 하며 나를 올려다본다. 비밀번호를 누르라는 뜻이다. 내가 숫자를 누르고 나면 아기는 마지막 단계인 *을 누른다. 현관 앞에서도 마찬가지. 도어록을 터치해 숫자들이 화면 위로 떠 오르게 하는 것은 스스로 하지만, 그다음 엉뚱한 번호를 누르지는 않았다. "같이 같이!"의 시대가 도래한 것이다.

규호는 다른 형제들에 비해 늦게까지 기저귀를 차는 편인데, 가끔 기저귀에 똥을 누면 뒤처리도 같이하자고 손을 얹었다. 변기에 버릴 수 있는 만큼 똥을 털어내고 기저귀를 봉하고 싶은데 그 작업마저 하고 싶다는 거였다. 혹시 아기 손에 똥이 묻을 수도 있고, 빠르게 처리하고 싶어 수를 써보지만, 결국 아기 뜻을 거스를 순 없었다. 어설프게 기저귀를 마주 잡고 똥을 변기에 쏟았다. 그리고 밸브를 누르려는 찰나, '아차, 또 무슨 난리가 나려고'. '내가 내가' 타이밍이지 싶어서 "물 내려" 하면, "같이 같이!" 하면서 내 손을 잡아다 작은 손 위에 포갰다.

'내가 내가'의 시기를 넘겼기 때문에 '같이 같이'의 단계까지 올 수 있었겠지. 이제 '같이 같이'의 시기를 잘 견디면 스스로 할 수 있는 때도 곧 임하리라.

우리 사이의 간격

놀이터에서 충분히 뛰어놀았다고 생각했는데 승호가 순간 자전거 산책로로 내달렸다. 서둘러 한호를 세발자전거에 태우고, 보호자가 잡고 밀어주도록 부착된 긴 봉을 움직이며 뒤따라갔다. 승호는 중랑천까지 내달릴 기세였다.

얼마 전 새로 산 자전거를 타고 앞서 달려가는 승호, 승호에게는 작아진 자전거에 다시 보조 바퀴를 달고 부지런히 쫓아가는 준호, 그리고 그 한참 뒤로 바퀴를 굴려 보지만 결국 내 힘에 따라 방향과 속도가 조절되는 한호의 세발자전거가 안간힘을 쓰며 뒤따라갔다.

서늘한 공기가 조금씩 차오르기 시작했다. 곧 어스름이 내려앉을 것이다. 나는 지금껏 삼형제의 놀이를 지켜보느라 지치기도 했지만, 무엇보다 동생들은 아랑곳하지 않고 혼자 앞서 나가는 승호가 얄밉게 느껴져 발걸음이 더욱더 무거워졌다. 이런 내 상태를 전혀 눈치채지 못한 승호는 그저 저만치 앞서가다가도 다시 돌아와 어서 오라고 재촉할 뿐이었다.

"승호야, 넌 자전거를 타고 있으니 빠르지만, 엄마는 한호 자전거를 밀면서 걸어가니까 느려. 중랑천까지는 혼자 갔다 와. 엄마 천천히 뒤따라가고 있을게. 중간에서 만나면 되잖아."

"아니야, 엄마 같이 가. 빨리 와."

나와는 대조적으로 승호의 빨갛게 상기된 얼굴엔 자유와 기쁨이 가득 들어차 있었다. 그러나 아직 혼자서 멀리까지 나가 본 적 없는 승호는 앞질러 갔다가도 되돌아오거나 그 자리에서 기다리기를 반복할 뿐이었다. 그리고 결국 중랑천에 가는 것을 스스로 포기했다.

다 같이 집으로 향하는 길. 승호는 앞질러 갔다가 그 자리에 자전거를 세워 놓고 되돌아와서 오르막 앞에 멈춰 선 준호의 자전거 밀어주었다. 그리고 다시 돌아가 달리고 다시 돌아와 준호를 살피고……

"이것 봐. 괜히 멀리까지 와서 엄마도 동생도 힘들잖아."

짜증 섞인 말을 쏟아냈는데, 무색하게도 승호는 "그래, 엄마. 이쯤에서 돌아오길 잘했다. 그렇지?"라고 곧 수긍했다. 중랑천까지 가고 싶은 바람을 채우지 못해서 가장 속상한 건 바로 승호 자신일 텐데.

오늘은 승호가 일찍 하교하는 날. 준호가 유치원에서 돌아오기 전까지 몇 시간을 확보할 수 있다. 한호는 내 자전거 뒤에 앉히고 승호 속도에 맞춰 멀리까지 함께 가봐야지, 우리 승호 가고 싶은 데까지 가봐야지.

엄마의 외출을 눈치채고 이미 신발을 꿰어 신고 현관문을 두드리는 한호. 문을 살짝 열어 주었더니 한호는 곧장 내 팔 아래의 틈새를 이용해 밖으로 뛰쳐나갔다. 가방을 챙겨 들고 쫓아 나왔을 때, 한호는 제 자전거에 기우뚱 앉아 있었다.

"이를 어쩌지. 한호야. 평소라면 엄마가 한호의 자전거를 밀어주겠지만, 오늘은 엄마 자전거 뒤에 앉아야 하는데. 오늘은 승호 형이 가고 싶은 만큼 멀리 나가보자. 쌩쌩 달려보자. 응?"

지난밤의 장면이 다시 떠올랐다. 저 앞의 승호, 그 뒤의 준호, 그리고 그 뒤로 한참 뒤처져 있던 한호(와 나). 저마다 속도가 달라서 함께 가려면 누군가는 포기해야 하고 누군가는 더 힘을 내야 하고, 또 누군가는 따라잡지 못해 안달이 났던 그 간격을 생각하자니 채우지 못하는 깊은 강처럼, 손에 잡히지 않는 안개처럼 아스라하고 아련했다. 그러나 언젠가 함께 나란히 달릴 날이 분명히 가까워지고 있으니까. 오늘의 아쉬움은 기꺼이 끌어안기로 한다.

엄마의 등

에어컨 바람이 아기에게 안 좋을 것 같아서 낮에 샤워를 자주 시키며 선풍기로 버텼는데 오늘 아이들이 골고루 고열에 시달렸다. 폭염을 견디다가 결국에는 에어컨을 강하게 틀고 공기를 차게 만들어 버린 것 때문에 오히려 취약했던 것 같다. 특히 시들시들 기운이 없는 셋째 한호의 몸을 수건으로 닦고, 책을 읽어주고, 약을 먹이고 몸 마사지를 하면서 기분이 나아지도록 달랬다. "엄마, 안아줘" 팔을 뻗는 한호를 일으켜 들어올렸는데 그러는 동안 내 등에는 같이 아픈 막내 아기가 매달려 있었다.

결국 막내는 사흘을 시달리다가 간신히 나았다. 힘없이 늘어지고 이유식을 거의 먹지 않은 채 아주 얕은 잠을 오래오래 자면서. 형들이 몽롱하고 어지러워서 칭얼거리고 엄마에게 이것저것 요구할 때도, 아기는 낮은 소리로 신음하는 것 외에 달리 요청할 줄 아는 게 없었다. 그리고 그 작은 소리는 곧 형들의 앓는 소리에 묻히고 나는 더 강하게 주장하는 형들의 상황을 먼저 달랠 수밖에…….

가엾은 아기, 끓여서 식힌 보리차를 조금씩 마시게 하고 잠깐 안아주었다가 곧 뒤로 돌려 업었다. 불편해하면 어깨를 들썩거려 얼마간의 반동과 리듬을 주면서 "응, 많이 아프지? 땀 빼면서 푹 자고 일어나자" 이렇게 말할 뿐이었다. 아기는 사흘 동안 거의 내 등에 업혀 있었다.

계속 밥하고 청소하고 이것저것 챙기는 일상을 살아야 하니까 필연적으로 안는 것보다 뒤로 업는 것을 선호했고 그렇게 아이들을 키워냈다. 아기들이 태어날 때마다 아기 띠 유행은 달라지곤 했다. 허리에 앉히는 힙시트, 캥거루 자세로 푹 감싸는 긴 천의 향연, 엄마의 가슴에 푹 안기게 하는 슬링, 시원한 매시 소재의 띠와 신생아 전용 이너까지. 두루두루 필요하다고 갖추었지만, 결국은 아기 다리가 벌어지기를 기다렸다가 그때부터 곧장 뒤로 업기 시작했다. 첫째 승호 때 샀던 아기 띠가 가장 편안하게 알맞았다. 넷째를 키우기까지 얼마나 사용했던지 결국 어깨 부분이 터져 실밥이 드러났다. 넷째를 업어야 하는 기간이 얼마 남지 않았음에도 똑같은 것으로 다시 사고 낡은 것은 서랍장에 넣어 두었다. 아기의 신생아 옷 몇 벌과 함께 기념으로 남겨질 것이다.

《고흐 씨, 시 읽어줄까요》는 '시'와 '그림'에 공통으로 사용된 소재를 사유하면서 묶어낸 글이다. 그 중 '등'을 다룬 내용이 있다. 로댕의 작품 '다나이드'와 서안나 시인의 '등'이라는 작품을 함께 놓고 이야기했다. 내가 직접 꾸미고 만질 수 없지만 내 몸에서 가장 넓은 부위를 차지하는 등, 그 뒷모습이 솔직함과 진실을 보여준다고 했다. '오늘도 내 삶의 일기가 빼곡하게 적히는 곳은 다름 아닌 등'이라는 표현은 특히 울컥한 기억으로 남았다.

조금 다른 맥락이지만 나는 아기를 낳게 한 것은 얼마간의 약, 얼마간의 시간 그리고 대부분의 내 등이었다고 생각한다. 엄마의 등에 동그란 머리를 누이고 가느다랗지만 생명력에 연결되어 있음을 느끼는 치료 요법. 고개를 힘껏 돌려도 바라볼 수 없는 부위이지만 아기에게는 온전히 드러나는 품. 침대보다 따뜻한 공간이 되었으리라.

품과 손만 갖고는 감당할 수 없었던 육아, 꼭 등만이 할 수 있던 일들이 있었다.

같이 있으면서도 없는 시간

번쩍 손을 들 만큼 용기가 있지는 않았지만, 얼마간 수줍음과 부끄러움도 있었지만, 나는 은근히 말하는 것을 좋아했다.

수업 시간의 발표뿐 아니라 집에서도 정돈된 이야기를 곧잘 해 보곤 했다. 초등학교 저학년 때는, 엄마가 시청하던 요리 프로그램을 흉내 냈다. 부엌 식탁 위에 재료를 모아 놓고 "네, 이제 양념장을 만들 건데요. 먼저 간장 넣고요, 그리고 물엿 넣어 주세요" 하며 요리 시연을 했다. 화면에 클로즈업된 간장, 물엿, 다진 마늘이 담긴 작고 투명한 유리그릇이 참 정갈하고 예뻐 보였다. 우리 엄마는 그때그때 간장 통을 들이붓고 물엿을 통째로 짜고 그랬는데. 나는 요리연구가 선생님처럼 우아하게 하고 싶어 짝도 안 맞는 작은 종지들을 찾아내느라 의자를 밟고 올라서서 상부장을 뒤졌다. 그렇게 내가 부엌에서 소곤소곤 요리를 하는 동안, 엄마는 옆 마당 수돗가에서 빨래를 하거나 배추 같은 것을 씻었다. 아마, 엄마가 집안에 같이 있었다면 부끄러워서 시도조차 못했을 것이다.

초등학교 4학년 때, 작은 칠판이 생겼다. 마커가 딸린 플라스틱 재질이 아니라 정말 분필로 쓰고 지우는 칠판이었다. 보면대 위에 세워놓고, 나는 선생님처럼 뭔가를 써 가며, 가르쳐 가며 공부를 했다. 책상 앞에 앉아 음소거 상태로 공부할 땐 곧잘 지루했지만, 이렇게 선생님이 되어서 하는 공부는 효과적일 뿐 아니라 재미까지 있었다.

또 다른 곳에 살 때. 구조는 거의 비슷해서 엄마는 뒤편 텃밭에서 채소를 뽑거나 앞 뜰 넓은 화단을 가꾸었다. 채송화, 메리골드, 맨드라미가 줄 맞춰 옹기종기 피어나던 마당, 그리고 꽃삽을 들고 있거나 물 호스를 잡고 있던 엄마. 그렇게 엄마는 늘 나와 함께 있었지만 동시에 분리되어 독립된 각자의 공간과 시간을 누렸다.

나는 여태껏 첫째 승호를 혼자 둔 적이 없다. 최근에서야 자전거를 타고 쌩하니 십오 분, 이십 분 도서관에 책을 반납하고 오거나 급하게 물건을 사와야 할 때, 승호에게 동생들과 엉켜 있도록 부탁하기 시작했다. 먹을거리, 볼거리로 불안한 마음을 잊도록 유도하기도 했다. 첫째는 엄마 아빠가 없을 때 동생들을 돌보고 지켜야 한다는 책임감과 불안감을 자동으로 가지는 존재들. 나도 첫째라서 좀 더 예민하게 승호의 마음을 이해할 수 있었다.

학교에서 돌아와 태권도장으로 가기 전 짧은 시간, 식탁에 앉아 간식을 먹으며 책을 읽는 승호를 가만히 바라본다. 승호가 앉아 있는 뒤편으로 테이블과 피아노가 있고, 그 너머 베란다에 승호의 새 자전거가 서 있다. 승호에게 주어진 많은 것들. 그러나 승호에게 여전히 결핍된 것이 있다. 혼자만의 시간. 적막한 네모 아파트 안에 홀로 있다면 무섭겠지만, 내 어린 시절처럼 엄마가 마당에 있다는 것을 인지한 상태에서 혼자일 때는 오히려 충만할 수 있는 시간. 같이 있으면서도 같이 없는 시간. 그것이 승호에게는 부재했다.

내 엄마의 계절

1.

엄마의 택배 상자에서 빈틈 메꾸기용으로 알뜰하게 딸려온 고구마 말랭이. 김치는 바로 냉장고 깊숙이 들어갔지만 쫀득하면서 부드러운 고구마 말랭이는 그날 오후에 다 사라졌다.

"엄마, 정말 맛있어. 다 먹었어요."

딸이, 특히 손자들이 맛있게 먹었다는 말에, 그 사소한 고구마 말랭이 때문에 엄마는 택배 한 상자를 다시 꾸렸다. 택배비와 수고로 따지면 그냥 사먹는 게 낫지 싶어도 때론 1을 위해 10을 지불하고야 마는, 사소한 것을 귀하게 여기는 것이 우리의 방식.

2.

엄마의 택배 꾸러미를 받은 후 보내준 채소를 잘 먹었다고 말씀드렸다. 그럼 엄마는 수화기를 내려놓자마자 집 뒤 작은 텃밭으로 달려가 다시 오이, 가지, 상추를 뜯는다. "마늘도 줄까?" 해서 "조금요" 했는데 오늘 도착한 상자를 열어 보니 '껍질 안 깐 마늘', '껍질 깐 마늘', '간 마늘' 세 종류가 들어있었다. 고구마순은 많이 보내려고 한 번 데쳐서 부피를 확 줄였다. 오랜 시간 고개를 숙이고 껍질을 까느라 손톱 밑은 까맣게 되었을 것이다.

엄마에게서 온 것은 공짜라고 여겼기 때문인지 헹굴 때 수챗구멍으로 흘러가 버려도 아깝단 생각이 없었는데 요즘 들어 엄마와의 추억이 왜 이리도 떠오르는 걸까. 오늘은 알뜰히 씻었다. 액젓 조금, 소금 조금, 들기름과 들깻가루 그리고 나의 울컥함이 짠맛을 보태준 덕분일까. 고구마 순이 정말 맛있게 볶아졌다.

3.

경비 아저씨들이 긴 막대기를 동원해 가지가 휘어질 정도로 열린 감을 따고 있었다. 그저 장 보러 나선 길에 만난 뜻밖의 모습, 그러나 가을빛에 반사된 수확의 장면은 단순한 계절의 풍경이라기에는 너무나 고혹적이었다. 준호가 고개를 젖히고 한참 구경하고 있으니 아저씨 한 분이 가지 하나를 꺾어주셨다. 감과 잎사귀가 조화롭게 어우러진 가지. 제 키의 반 이상은 족히 차지할 것 같은 가지를 들고선 준호를 보면서 문득 이맘때 감나무 가지를 엮어 벽에 걸어 두었던 엄마 생각이 났다. 바쁘고 소박한 살림에도 엄마는 나름의 계절 맞이와 집안 인테리어를 하고 있었음을 비로소 깨달으며. 그땐 엄마의 감성을 읽어내지 못했다. 내가 지금 그러하듯, 엄마도 자신이 되고 싶었던 순간을 늘 염원했을 텐데.

감나무 가지를 매만지던 엄마의 손길 끝에는 주어진 것으로 현재의 삶을 정성스럽게 빚고 있던 태도가 있었다. 순종과 감사와 희망 같은. 나의 유년을 채우던 갈색 가을빛이 여기까지 함께 쫓아와 감을 익게 하고 나를 있게 했다.

4.

지금은 내가 아이들에 관해 이야기하고 기록하지만, 언젠가는 아이들이 나에 대해 말하게 될 것이다. 나는 어떻게 기억될까. 아이들의 마음속에는 무엇이 각인되고 있을까. 엄마가 나의 어린 시절 중 특별히 꼽는 것을 나는 전혀 모르고, 엄마는 별것 아니라고 생각하는 것을 내가 기억하듯, 나와 우리 아이들 역시 기억과 생략 사이의 간극에 존재할 것이다.

사진과 동영상으로 쉬이 '현재'를 기록하는 시대이므로 나와 우리 아이들의 공통된 기억이 남겠지만 지금 내 마음에 남은 것들은 사실 사진으로 남길 가치도 없는, 사소하고 일상적인 것들.

이른 아침 마당을 쓸던 엄마의 비질 소리, 요리 프로그램에 소개된 양파 수프가 끓어오르던 냄새, 벽에 걸어둔 감나무 가지…….

청각으로 후각으로 시각으로 복원되는 엄마를 통해 그 삶 속의 부지런함(비질)과, 작고 알찬 도전(양파 수프), 아름다운 것(감나무 인테리어)들을 떠올린다. 밀도 높은 삶, 세월 역시 잊지 못할 것이다.

40년 차 엄마

벗어 놓은 외투, 간식 가방, 아기 띠 등을 주섬주섬 챙기며 손이 더 있었으면 하고 느끼는 찰나, 전화벨이 울렸다. 부족한 손으로 가방을 비집고 전화기를 꺼내 들었더니 발신자는 엄마. 채 응답하기도 전, "은경아" 부르는 목소리에 약간의 투정이 섞여 있었다. 외할머니댁에서 집으로 돌아가는 길인데 버스 시간이 맞지 않아 터미널에서 한참 기다리는 중이라고, 심심하다고 했다.

"엄마! 나는 기다리는 시간이 너무 좋아. 그런 시간이 있으면 좋겠어. 책도 읽고 좀 쉬기도 할 텐데. 혼자 있는 시간이라니. 나는 그런 때가 없어."

진심. 내면에서 터져 나온 무엇이었다. 엄마와 내가 처한 형편이 어쩜 이렇게 다를까. 엄마가 서 있는 터미널이 너무나 아득하고 부러웠다. 그리고 그 순간, 뱉어진 말의 실수를 후회했다.

"엄마도 바빠. 시간이 아까워서 그렇지. 가서 할 일이 얼마나 많은데. 손님 맞을 준비도 해야 하고."

엄마는 심심하다고 했지만 사실 그것은 어긋난 표현이었다. 이렇게 하릴없이 시간을 낭비해도 되는 건지, 마냥 앉아서 쉬어도 되는 건지, 흐르는 시간이 아깝고 아쉽다는 뜻이었다.

10여 년 차 주부이며 엄마인 나는 예전에 존재했던 '자유의 시간, 나만의 시간'에 대한 기억을 여전히 꼭 붙들고서 마음으로나마 늘 희망하고 벼르고 있는데. 40여 년 차 엄마는 너무나 오랜 시간 자신의 자리에서 멀리 떠밀려 와 이제 타인을 위한 시간에만 익숙해진 걸까.

며칠 뒤 손님맞이를 위해 갈치를 주문해 두었다는 이야기, 텃밭에서 무를 뽑을 거라는 이야기, "백종원이 유명하다고 해서 그 도시락을 주문할까 했는데 안 되겠지" 하는 이야기. 그러면서 엄마는 꼼수를 생각해 본 자체가 너무나 생소한 듯 웃었다.

일 초도 허투루가 없었던 성실과 사랑을 물려받지 못한 걸까. 나는 10년째 나의 시간을 기다리고 있다.

아빠의 데이트

여섯 식구가 우르르 몰려나가 신발을 신고 남편은 아기, 나는 기저귀 가방, 그럼 이이 중 누군가는 보조 가방, 또 누군가는 다른 보조 가방을 둘러멘다. 외출할 때마다 현관에서부터 시끌벅적. 아무리 사방이 요란스럽더라도 내 일만 쏙, 내 몸만 쏙, 가느다랗게 실타래 빠져나가듯 하면 될 것 같지만 서로가 서로를 신경 쓸 수밖에 없고 마침내 차에 올라타면 털썩 주저앉게 된다. 물론 그만큼 보람이 있지만 때론 몸뿐 아니라 마음의 에너지도 고갈되는 느낌. 이것은 비단 사소한 외출 일정에 있어 총지휘를 맡게 되는 나만이 아니라 여섯 명 식구가 공통으로 느끼는 감정일 것이다. 출발하고서도 서로의 일정과 요구가 다르기 때문에 때론 가고 싶지 않은 곳으로 따라가고 내키지 않은 음식을 먹기도 해야 하는.

이런 아쉬움을 달래보려고 남편은 한 달에 한 번 아이들 한 명씩과 정기적인 데이트를 시작했다. 먹고 싶은 것을 먹고, 하고 싶은 것을 할 수 있기 때문에 모두가 학수고대하는 시간. 그럼에도 무엇보다 가장 좋은 점은 역시 아빠. 아빠를 누군가와 나누지 않고 일대일로 독차지한다는 것이 아이들로서는 큰 기쁨이었다.

오늘은 거의 한 달 전부터 달력에 동그라미를 그려놓고 무엇을 할지도 꼭꼭 정해놓은 준호의 데이트 날. 우리는 공원에서 남편이 오기를 기다렸다. 승호는 이미 데이트를 했고, 또 한호에게는 다음 차례가 다가오고 있지만 그럼에도 준호만 보낼 때 슬금슬금 차오르는 아쉬움이 느껴졌다. 한호는 시무룩해져서 집까지 걸어갈 힘도 없다는 듯 풀썩 주저앉았다. 마침 아기가 잠들었기에 공원 근처 빙수가게에 들르자며 아이를 달랬다. 아기가 계속 잔다면 짜장면도 사먹고 집에 가서는 DVD도 보자고 했다.

지금쯤 준호는 아빠와 즐거운 시간을 보내고 있을까. 오늘 준호가 짠 코스는 브레이크가 고장 난 자전거 고치기, 그림책 《장수탕 선녀님》의 물놀이만큼이나 재밌게 목욕탕에서 숨참기, 헤엄치기. 식사는 부대찌개. 목욕탕비와 부대찌개 값은 제 용돈으로 내겠다고 셈을 하던 준호. 소박하지만 알차고 재밌는 계획이다.

영문학자로서 아름다운 수필을 많이 남긴 고(故) 장영희 교수님은 작은 방, 작은 책상 앞에 앉아 공부하시던 아버지의 등에 관해 이야기했다. 소아마비로 몸이 불편했기 때문에 주로 집 안에서 지내던 교수님의 어린 시절, 교수님의 아버지는 몸으로 놀아줄 수는 없다손 쳐도 다른 특별한 활동 역시 시도하지 않으셨다. 그럼에도 교수님은 아버지의 등에서 사랑과 보살핌을 느끼며 안정적으로 자랐다고 고백했다. 그래서 아버지의 뒤를 이어 영문학자가 된 것인지도.

아빠가 모든 면에서 능숙한 역할을 감당할 수 없을지라도 다행히 아이들에게는 아빠의 좋은 점을 찾고 바라보는 눈이 있다. 우리 아이들도 그렇다. 아빠가 해줄 수 없는 것은 희망하지 않았고, 오로지 그가 나누는 것에 환호했다. 남편은 시간적으로 물리적으로 아이들과 함께 있을 기회가 적었지만, 알뜰히 계획하는 한 달의 한 번 일대일 데이트를 통해서 슈퍼스타가 되었다.

그나저나 남편은 실속파. 한 달의 한 번 데이트로 엄마의 매일 수고를 능가하는 인기를 얻고 만다.

익숙하면서 낯선 것

해수욕장에 진입하면서 자동차 속도가 서서히 줄어들자 아이들은 옷 입은 그대로 모래밭을 향해 뛰어들었다. 그사이 우리 부부는 적당한 자리를 고르고 해먹을 치고 과일을 깎았다. 물결이 잔잔하고 모래가 부드러워서 바라보기만 해도 안전했다. 얼마 후 뭍으로 나와 커다란 수건으로 몸을 감싸고 요기를 한 아이들은 수영복으로 갈아입고 본격적으로 바다에 뛰어들었다.

공기 주입기가 말썽이었다. 결국 남편이 원형 튜브 2개와 돌고래 튜브를 직접 입으로 불었다. 마지막 가쁜 숨을 내쉬고 얼떨떨한 기분으로 모래밭에 털썩 주저앉던 남편. 그럼에도 튜브 덕분에 아이들은 바다로 몸을 던져 넣을 수 있었다. 승호는 돌고래 튜브 위에 올라타서 목 부분을 껴안으려고 몸을 숙였다. 그 순간, 중심을 잃었던 것일까. 승호가 돌고래 튜브에서 미끄러졌고 이내 튜브를 잡으려고 몇 걸음 다가갔지만 곧 가슴팍까지 차오르는 물에 겁을 먹고 멈춰 섰다. 돌고래 튜브는 아주 빠른 속도로 멀어져 가고 있었다. 그때, 남편이 시계를 풀고 윗도리를 벗었다. 이제 손이 바지로 내려가던 순간, 바지 뒤춤에 있던 지갑 혹은 휴대전화를 꺼낼 거로 생각했는데 웬걸, 남편은 주섬주섬 벨트를 풀기 시작했다.

"아, 아, 안 돼."

나는 남편의 허리띠를 잡고 만류했다. 주변엔 다른 사람은 거의 없었지만, 그렇다고 그렇게까지…… 돌고래는 순식간에 저 멀리 아득한 부표까지 내달렸고, 남편은 "뭐 어때? 빨리 주워 오면 됐는데" 하며 아쉬워했다.

돌연 눈앞의 그가 낯설게 느껴졌다. 익숙하고 편안하게 늘어난 티셔츠처럼 우리 사이의 간극은 그 어느 때보다 촘촘하고 안정적이었지만, 외려 낡은 생각이 스며 들었다.

"가까운 호텔에서 만날까요? 제가 그리로 갈게요."

그를 처음 만나던 날, 가까운 곳 호텔로 예약하라는 말에 당시 살던 곳에서 도보 거리에 있는 임페리얼 팰리스 호텔 식당을 잡았다. 그는 화려한 양복을 입고 나를 기다리고 있었다. 식사를 마친 뒤 이런저런 생각을 했다. 앞으로 우리의 관계가 어떻게 될지 모르는데, 또 여자 남자가 평등한 시대에 남자에게 모든 식사비를 부담하는 건 옳지 않다고. 그 사이 "오늘은 특별한 날이니까 제가 낼게요" 하며 그가 계산을 마쳤다.

대청소를 앞둔 휴일 아침에도 반듯하게 옷매무새부터 갖추던 남편, 오래된 옷도 새 옷처럼 깔끔하게 보관하던 남편. 그러던 그가 어느 해 캠핑을 하던 중, 비록 해가 저물어 가고 있고 프라이버시가 보장된 곳이라곤 하지만, 티셔츠를 벗어 던지고 하얀 러닝셔츠만 입고서 손부채질을 할 때 나는 그 등이 너무나 생소했다. 그런데 오늘 아들의 돌고래 튜브를 위해 바지까지 벗겠다니. 네 아들을 낳던 세월이 그를 이렇게 이끌어 온 것일까.

얼마 후, 빨간 티셔츠를 입은 인명구조 대원이 모터보트를 타고 바닷가로 나갔다. 순찰하는 줄로 생각했는데, 다시 해변으로 돌아오기 위해 방향을 틀었을 때 우린 환호성을 질렀다. 그들이 돌고래 튜브를 건져 올렸던 것이다. 나는 얼른 옥수수와 복숭아를 챙겨 인명구조대 본부를 향해 모래밭을 뛰었고, 승호는 이미 돌고래 튜브를 찾아 돌아오고 있었다.

조용한 명절 작업

"어서 와. 아기는 내가 봐 주마."

남편이 한 달간 미국으로 출장을 떠났을 때, 생후 두 달된 승호와 나는 시가로 갔다. 출장이 아니더라도 늘 바쁜 남편이었기에 그의 부재가 새삼스럽게 뻥 뚫린 공백을 의미하진 않았지만, 홀로 남겨지는 건 또 다른 두려움이어서 결정한 선택이었다. 친손자를 처음 맞이하는 시부모님은 기쁘게 환영해 주셨고, 그렇게 동거가 시작되었다.

어머님은 그때까지 보관하고 있던 포대기를 옷장 깊숙한 곳에서 꺼내셨다. 형님네 아이들, 그러니까 외손주 둘을 키우셨던 어머님의 경력과 자신감이 느껴졌다.

그러나 시가에서의 한 달, 아기는 여실히 본성을 드러냈다. 어머님은 새벽 기도회에 가려고 나서실 때마다 아기를 업고 거실 혹은 방을 배회하는 나를 목격하고 기함하셨다. 눈동자가 풀어지고 머리는 흐트러진 채 끙끙대는 며느리를.

"밤새운 거니? 아기가 계속 울었니?"

평소 맑은국, 슴슴한 나물 등을 좋아했지만 아버님, 어머님이 이끄시는 대로 장어, 오리고기 등을 먹으러 다녔다. 부담스럽고 비위에 맞지 않는 음식이지만, 아마 그때는 시부모님의 강권뿐 아니라 나 역시 뭔가 절박한 몸의 신호를 느꼈던지도 모르겠다. 아무튼 낮에는 그렇게 고영양식을 먹으며 힘을 내려 애썼고, 밤이면 변함없이 울고 뒤척이는 아기와 함께 아침을 기다렸다. 텔레비전도, 스마트폰도 없이 희미한 수유등에 의지했던 길고 긴 고독의 밤. 어머님과 함께 '백일의 기적'을 희망하던 날들. 그때부터였을까. 어머님은 명절에 "뭐라도 해갈까요?" 하는 내 상황을 누구보다 정확히 그려 보셨을 것이다.

"아서라, 아기 데리고 뭘 하겠니. 조심히 내려만 와라."

그 후 10년이 흐르는 동안 시할머님은 돌아가셨고 아버님은 은퇴하셨다. 화려하던 명절 음식도 간소해졌다. 불현듯 이번 명절을 앞두고는, 그간 어머님의 배려 덕분이기는 하지만 늘 빈손이었던 모습이 새삼 부끄러웠다.

어머님께 갈비찜과 전 몇 종류, 떡국 고명, 그리고 강된장을 준비하겠다고 말씀드렸다. 강된장은 남편이 제안한 메뉴. 명절 이튿날이면 어르신들은 기름진 음식에 절레절레 고개를 흔들며, 그저 겉절이에 고추장, 참기름 넣고 쓱쓱 비벼 드시는 걸 제일 좋아하셨다. 강된장은 분명 모든 어르신들이 반가워할 메뉴이리라. 남은 나물 반찬도, 푸성귀의 생기도 모두 어우러지게 보듬어 충분한 한 끼를 제공할 강된장. 그러나 강된장의 중요한 역할을 가늠해 보자니 문득 직접 요리하는 것에 대한 자신감이 사라졌다.

결국 꼼꼼한 검색 끝에 조리된 강된장을 여러 팩 구매했다. 시험적으로 한 팩 먹어 보았더니 집밥 느낌이 나면서 구수하고 은근했다. 샀다고 하기에는 10년 만에 준비하는 음식인데 정성이 없는 것 같고, 아무 말 없이 새초롬하게 있기에는 내가 흉내내기 어려운 장인의 맛인데…… 아, 절충안이 필요한 지점.

먼저 집된장에 돼지고기, 양파, 버섯 등을 다져 넣고 팔팔 끓여 나만의 강된장을 만든 다음, 구입한 강된장과 한 데 섞었다. 그리고 조용히 냄비에 옮겨 담았다. 그때 어느덧 곁으로 다가온 준호가 말했다.

"엄마, 뭐해? 표나잖아."

"준호야, 무슨 말이야?"

나는 깜짝 놀랐지만 시치미를 떼고 물었다.

"아니."

준호는 설핏 웃고는 다시 놀고 있던 형 곁으로 돌아갔다. 유독 사람 주위를 맴돌고 부엌일에도 관심이 많은 아이, 그 눈빛에 찔끔했지만 준호는 이후에도 어떻게 행동해야 하는지 잘 알고 있겠지? 명절 준비 끝!

어머님의 손가락

　어머님은 예고 없이 찾아온 손님을 위해 서둘러 밥상을 차리다가 그만 손을 베었다. 손톱 끝과 살점이 잘려나갔는데 그것도 모른 채 요리를 계속 했고, 피가 흥건해져서야 급하게 지혈을 시도하였다. 병원에서는 뼈가 드러날 만큼 환부가 깊고 파상풍 위험도 있어, 잘린 피부 조직을 다시 접합해야 한다고 했지만 손톱 끝은 이미 음식물과 함께 쓸려가 버린 뒤. 결국 옆 피부를 잡아당겨 봉합 수술을 했고, 우리가 명절을 맞아 시댁에 도착했을 때에는 오른손 검지에 붕대를 칭칭 감고 계셨다.

　나는 주방 뒷정리를 하고 있었다. 어머님은 "이제 물 만질 일은 다 끝났지" 하시고는 조용히 방으로 들어가셨다. 뒤따랐던 형님이 "못 보겠어. 못 보겠어. 이 정도일 줄은 몰랐지"

손사레를 치며 방을 나왔다. "보지 마라" 저음의 아버님 목소리에서도 심각함이 느껴졌다.

"이번 명절 준비는 다 아버지가 한 거다. 나는 손가락이 둔해서 지시만 했지" 하고 말씀 하실 때도, 굽혀지지 않는 손가락을 쭉 뻗어 음식을 옮겨 담거나 그릇들을 정리하실 때도 난 그저 그러려니 하면서, 어머님의 묵묵함 뒤에 숨겨진 고통을 미처 헤아리지 못했다.

손가락 상태에 대한 형님의 중계와 아버님이 문을 닫고 들어가시는 등을 확인하고서야 마음이 무거워졌다. 상처 입은 것만도 서러울 텐데 홀로 환부를 확인하고 붕대를 감아야 하는 외로움은 또 무엇일까. 그럼에도 두 손 잡아 드릴 용기가 없었다. 그저 할 일이 남았다는 듯 싱크대 앞을 서성였다.

곧 조용한 손길을 느꼈다. 나는 남편이 방에 들어갔고 시어머님의 손가락에 붕대를 감고 있음을 보지 않고도 볼 수 있었다. 그 방에선 아무런 소리도 나지 않았다. 걱정도 탄식도 위로도 조언도. 그저 조용히 상처를 말리고 약을 바르고 붕대를 감는 아들과 가만히 손을 내민 어머니가 존재할 뿐이었다.

명절 수입 결산

"왜할머니 5만 원, 왜순모 5만 원……."

설 명절 약 1,200km 장거리 여행을 마치고 돌아온 다음 날. 이른 아침부터 준호는 명절 수입 결산에 여념이 없었다. 스케치북에 세뱃돈을 주신 분 이름과 액수를 기입하고 더하기를 몇 번. 3월 개학이면 2학년이 되는 준호는 외가 친척들을 모두 왜놈으로 만들고 있었지만 그런 맞춤법 실수는 전혀 개의치 않았다.

세배하고 봉투를 받으면 곧장 지폐를 꺼내서 세어보기도 하던 아이들에게 그건 예의가 아니야 일러주고 집에 가면 돌려주겠다, 약속하며 맡아둔 돈. 들고 나는 돈이 계획 없이 많은 명절 동안은 나도 셈이 정확하지 않아서 시간을 복기하며 수출입을 맞춘다. 준호는 내가 떼먹기라도 할까 봐 민감하게 총액을 확인하는데 그럼 나도 슬그머니 억울한 마음.

아이들의 세뱃돈을 만 원권, 오만 원권으로 분류해 놓고 은행에 다녀올 수 있을까 일정을 가늠해 보았다. 며칠 명절을 지내며 받아 온 음식들, 밀린 빨래들…… 정리할 것이 무척 많은 날이었다. 그러나 잠시 후 내가 마주한 광경은 오늘 해야 할 일 무엇 하나 챙길 여유 없이 나를 은행으로 쫓아버렸다.

만 원권과 오만 원권을 분류해서 두 가지 봉투에 담은 후 책상 위에 두었는데 규호가 그것을 가위로 댕강댕강 잘라 흩어 놓았던 것이다. 크게 세 부분으로 잘려 지폐의 오른쪽 가운데 왼쪽은 쉽게 구분했지만, 가지런히 모아두었던 것이라 잘린 부분이 거의 똑같았다. 어떤 것끼리 맞추어야 하는지 알 수가 없었다. 그러니까 모든 왼쪽 가운데 오른쪽 조각들을 서로 연결해도 다 들어맞을 것 같았다.

나는 가치를 상실할지도 모르겠다는 걱정을 안고 급히 은행으로 갔다. 직원은 상단과 하단의 일련번호가 맞아떨어지도록 붙이라고 했다. 다행히 규호가 유모차에서 잠든 상황이었다. 휴, 주위의 시선에 부끄러운 마음이었지만 지폐들을 죽펼쳐 놓고 잘린 숫자들의 모양을 유추하며 하나하나 이어 나갔다. 마침내 스카치테이프로 여기저기 붙인 돈을 상처 없는 돈과 교환했다.

한 명 한 명의 이름이 적힌 통장을 차례로 ATM기에 넣었다. 입금 액수가 찍혔고, 정확하게 총액이 더해졌다. 태권도 장에 다녀온 준호에게 검사를 받았다.

겨울과 봄의 간이역

지난해 11월 어느 주말, 키 큰 떡갈나무 사이를 비집고 내려와 나의 등을 따뜻하게 데워주는 주황색 햇볕을 받으며 벤치에 앉아 있었다. 아기가 잠든 것을 못내 다행이라고 생각하며 천천히 수필집의 문장을 짚어가기도 했다.

낙엽을 던지고 술래잡기를 하는 형제들, 어느새 내 곁으로 다가와 물을 찾는 형제들, 즐겁게 뛰어놀면서 옷을 더럽히는 형제들의 자유로움이 기특하게 느껴졌다. 그 순간, 그날이 그해의 마지막 가을임을 알 수 있었다. 기온은 점점 떨어져 갔고 땅거미는 일찍 드리워졌다.

이후 겨우내 겨울잠 자듯 집 안에 머물던 나는 어떤 징조를 느끼고 외출을 결심했다. 두꺼운 우주복으로 아기를 단단히 여미고 가벼운 도시락을 챙겼다. 이번 겨울은 따뜻하다더니 정말 봄 날씨였다. 아파트 정문을 채 벗어나기도 전에 승호와 준호 뒤이어 한호까지 잠바를 벗어 던졌다. '입고 있어. 감기 걸려' 잔소리할 수 없는 공기의 온화함을 인정했다. 나도 외투를 벗고 말았으니까. 유모차의 허약한 덮개 위에 두터운 외투를 네 벌이나 싣고 다시 떡갈나무 아래에 섰다.

두 달 전, 겨울을 맞이하던 때와 겨울과 작별하려는 지금. 바닥을 뒹구는 낙엽과 허약한 나뭇가지의 모습은 별반 다르지 않았지만, 봄을 기대하며 가까운 미래에 펼쳐질 변화를 상상할 때는 공기가 확연히 생기있게 느껴졌다. 나는 다시 벤치에 앉아 책장을 펼쳤다. 한 챕터를 진득하게 넘길 수 없을지라도, 같은 공간에 같은 자세로 앉아 있을 수 있다는 게 그저 감격스러웠다.

"그만, 그만!"

한호의 애처로운 소리가 들려왔다. 승호가 한호의 그네를 밀어주는 것은 다정한 풍경이나, 꼭 한호가 '그만'이라고 외칠 때보다 한두 번 더 밀어내고 마는 승호. "그만 그만이라고!" 한호의 고함을 들으면서도 양 볼에 엄지를 붙이고 어깨를 흔들면서 약을 올리고 있었다.

처음에 날카롭게 주시했던 눈을 거두고 옆에 앉은 준호와 함께 깔깔거렸다. 한호의 놀란 가슴이 걱정되긴 했지만, 한호에게도 그 정도의 뱃심은 있을 것이고, 무엇보다 첫째의 장난과 애교가 귀여웠다.

　모두 한 살씩 나이를 먹는 봄에는 서로가 더 수월해지고 대수롭지 않게 허물을 덮어 줄 수 있겠지. 외출도 조금은 쉬워질 테고. 따뜻한 봄 햇살과 숲이 우리 몸과 마음 구석구석을 따뜻하고 부드럽게 말려줄 것이라 기대했다.

셋.

글자가 글자를 사랑하던 날들

엄마의 글쓰기

천재적인 예술가의 이미지처럼, 작가란 어느 순간 영감이 휘몰아치면 일필휘지로 휘갈겨 글을 내놓는다고 생각했다. 미간을 찌푸리고 고뇌하는 동안 위대한 시나 장엄한 소설이 쏟아진다고 오해했던 것이다. 예술이란 시간 혹은 노력이라는 일상적 범주와는 다른 형이상학의 영역이라고 짐작했다.

최근 작가들에게 글을 쓰는 일종의 루틴이나 습관이 있다는 것을 알게 되었다. 가령 책상을 말끔히 치우고 커피를 내리고 음악을 틀면서 작업 환경을 만든다든지, 단골 카페에 앉아 일정 시간을 채우는 스스로와의 약속을 지키는 것 등. 작가는 다른 직업에 비해 프리랜서 성향이 짙고 그렇기에 시간을 자유롭게 사용할 특권을 가진 듯 보였는데, 오히려 직장인처럼 출퇴근 시간을 정해 놓고 스스로를 좁은 공간에 가두고 있었다.

찰나에 빛나는 영감을 믿는 대신 오랜 고독을 선택하는 길이었다.

하루를 소등한 후 컴퓨터 앞에 앉아 아기의 봉긋 솟은 엉덩이나 반짝이던 질문, 동생을 도와주던 작은 등을 꺼내 보려고 하면 실루엣은 이미 가뭇가뭇 흐려져 있었다. 채도가 높은 모니터 앞에서 시각은 눈부셨지만, 오히려 기억은 흩어져 부유했고 감상은 희미해졌다. 더욱이 아이들을 재우려고 함께 몸을 뉘었다가 그대로 잠드는 경우가 쌓이면서 하루하루가 기록 없이 사라졌다.

스마트폰을 사용하고부터 하루의 끝자락까지 기다릴 필요가 없게 되었다. 수시로 메모장 앱에 순간포착한 일상의 아름다움과 번뜩 스쳐 지나가는 생각들을 저장할 수 있었다. 일상의 챕터 사이사이, 그러니까 설거지를 끝내고 세탁실로 갈 때, 세탁실에서 방으로 갈 때 그 문턱에서 핸드폰 잠금을 해제했다. 조각의 시간 동안 비교적 선명하게 남은 기억을 스케치하고 핵심 단어를 입력했다. 그리고 단어들을 연결해 문장을 만들고, 문장을 붙여서 단락을 만들고, 단락을 모아 글을 완성했다.

오로지 엄마라는 자의식으로 사형제를 기록하는 나는, 육아 일기의 주인공들을 쉽게 관찰할 수 있는 유리한 입지에 있었지만 막상 글을 쓸 때는 아이들을 피해 몰래 숨어들어야 하는 아이러니를 마주했다. 주 집필(?) 장소는 화장실, 또는 베란다 세탁기 앞. 한 편의 글을 위해 여러 날 여러 장소가 필요했고 그러는 사이 결론이 바뀌고 주장이 희미해졌지만, 책상 위 잡동사니들을 치우고, 스탠드를 켜고, 노트북 전원을 누르고, 화면이 열리기를 기다리는 것보다 훨씬 수월하고 간단했다. 무엇보다 이런 순간은 미디어 접속에 엄한 편인 엄마가 스스로 '딴 짓'에 빠져드는 뒷모습을 들키지 않으면서도 가능하다고 판단했다. 그러나 아이들은 모두 간파하고 있었다.

"엄마 화장실에서 뭐해? 엄마 화장실에서 핸드폰 하지? 엄마 어딨어?"

나는 화들짝 놀라 아이들 곁으로 뛰어 나오며 쓰던 글을 접었다. 그럼 그 글은 전체의 일부분, 조각으로 남겨졌다. 결국 사과파이도 한 조각, 공간도 한 조각, 퀼트도 한 조각, 시간도 한 조각 그리고 나의 글도 한 조각.

조각이란 미완성, 미숙함, 서툰 형태에 불과했다. 어느 날 문득, 그 조각이 무척 아름다운 구조로 인식되었다. 조각을 잇고 꿰매어 언젠가는 퀼트 이불이 완성되고 퍼즐이 맞추어 질 테니까. 나의 글도 조각의 공간과 조각의 시간을 엮어서 결론에 다다를 것이다.

버지니아 울프는 "세상을 그대로 보기 위해서, 화를 내지 않기 위해서, 두려움과 쓰라림을 연민과 관용으로 바꾸고 사물을 그 자체로 생각하는 자유를 위해서 자기만의 방을 지켜낸다"라고 했다. 나에게 있어서는 '자기만의'라는 것도 '방'이라는 것도 아직 조각의 형태로만 가능하다. 그러나 완벽하게 존재할 때만을 기다리면서 지금을 무기력하게 지나친다면 육아의 날들을 밝혀주던 보석 같은 순간들은 까만 밤에 삼켜지고 말겠지. 엄마의 글쓰기가 아기의 아름다움에 가닿기란 늘 실패를 담보하고 말지만, 그럼에도 포기할 수가 없다. 조각을 모아가는 작업. 그렇게 하루하루가 글이 되고 있다.

책에 이불을 덮으며

때로는 책을 통해 얻게 되는 기쁨과 위로의 편리성에 쉽게 유혹당했다. 누군가를 만나겠다고 채비할 필요도, 특정 시간을 따로 떼어내야 할 필요도 없이, 몇 번의 검색을 통해 가장 적합한 책을 만날 수 있었다. 그럼에도 누군가와 대면할 때의 피로를 피하고 싶어서, 외출로부터 도망치고 싶어서 그렇게 책갈피 미로 어딘가로 숨으면 안 된다고 되뇌었다.

최근 어린이도서연구회 모임에 초대된 강사님으로부터 뜻밖의 이야기를 들었다. 《달님 안녕》이라는 책이 꼭 아기 같아서 혼자 두지 못하고 한동안 외출할 때도 가방에 넣고 다녔다는 고백이었다. 불구덩이에 빠졌던 어린 닭을 형상화한 그림책 《배떼기》의 표지에 반창고를 붙여 놓은 어린이 이야기도 함께 전해 주셨다. 그것은 마치 책이 사람과 거의 등가의 존재로 자리하는 모습이었다. 오래전 학교 도서관에 자리를 맡아 두고 잠시 강의를 들으러 다녀올 때면, 복귀 시간을 알리는 포스트잇과 함께 꼭 책장을 펼쳐 두곤 했다. 책의 메시지가 덮여 사라지지 않고 자유롭게 유영하길 바라는 마음으로. 같은 이치일까?

그러나 책을 꼭 진지하게만 바라보지는 않았다. 특히 사형제가 책과 친구가 되어갈 때, 책은 때론 징검다리 때론 도미노가 되었다. 이불집의 이불 끄트머리를 눌러주는 문진으로 용도 이탈했고, 탑이 되어 서로 켜켜이 쌓여갔다. 책의 두께와 크기, 물성은 그 자체로 충분한 의미였다.

물론 책을 읽을 때면 책 표지를 노크하면서 무작정의 침입이 아니라 책의 초청을 기다리자고 했고, 유대인들의 풍습처럼 책에 꿀을 발라놓고 찍어 맛보며 메시지의 달콤함을 느끼도록 시도해 보기도 했다. 책의 안과 밖, 내면과 외면, 보이는 것과 보이지 않는 것, 양면적인 성격을 알아가는 시간이었달까.

오늘 침대 귀퉁이에서 책 한 꼭지를 읽다가 내려놓을 때 옆에 가만히 눕혔다. 펼친 채로 엎어 등이 보이도록. 슬픈 내용을 담고 있어서 위로하고 싶었다. 내가 이불을 덮을 때 같이 덮어주었다. 늘 책이 나를 위로했지만, 때론 슬픔의 활자들을 일몰까지 안고 가는 책에도 위로가 필요할 테니까.

싱크대 독서

얼마 전부터 불을 끄면 울기 시작하는 규호. 형들 틈에서 낮잠을 자시 않고 버티다가 오후 늦게 깜빡 잠이 들고 나면 결국 밤에는 쉬이 잠들지 못하고 뒤척였다. 나는 잠자리에서 실랑이하는 대신 규호를 데리고 방을 나왔다. 싱크대 아래에 앉아 한 손으로는 책을 펼쳐 누르고, 다른 한 손으로는 부엌살림을 늘어놓는 규호를 붙잡았다. 어느 쪽, 그러니까 독서에도 규호를 달래는 일에도 완전할 수는 없었지만 그렇게 균형을 이루고 있는 나의 10여 년.

밤은 점점 깊어지고 마침내 노곤해진 규호는 어느덧 내 무릎으로 기어 올라 고개를 떨궜다. 나는 규호의 무게를 그대로 감당하면서 책장을 쫓다가 또 내용이 먹먹할 때면 오랫동안 규호의 머리칼을 쓸어 넘겼다.

다음 챕터가 끝났을 즈음 규호를 침대에 바로 눕혔다. 나는 새벽까지 같은 자세로 《바다 사이 등대》 마지막 페이지를 넘겼다. 여러 부분에서 가슴이 부딪히고 일렁였지만, 특히 등대에서의 고독한 삶과 거친 파도, 황량한 풀숲뿐만 아니라 아기에 대한 묘사에서 자주 벅찼다. 한국이든 호주든 아기는 똑같은 모습으로 예쁘게 자라는구나.

'이저벨이 스웨터를 아래로 당겨 아이의 머리가 쏙 나오게 하고 양쪽 소매 끝에서 손도 하나씩 꺼내 주었다.'

《바다 사이 등대》 중에서

소설은 극적으로 전개되었지만 나는 가만한 문장에 밑줄을 그었다. 옷을 입혀주는 지극히 사소한 일상 묘사 같은 부분에. 감추어졌던 얼굴과 손이 옷의 구멍을 비집고 드러나는 순간은 충분히 먹먹하고 반가운 찰나가 될 수 있었다. 사실 얇은 옷을 사이에 두고 이토록 가까이 얼굴과 손을 마주할 수 있는 때란 오로지 유년기 몇 년이 전부. 무구한 움직임, 소소한 반복의 순간들. 그 속에 네가 있다면 모두 하나의 의미가 되었다.

역사의 기록자

김연수의 여행 에세이 《언젠가, 아마도》의 끝자락에는 여행지에서 사진을 잘 찍지 않는다는 이야기가 실려 있다. 여행 초창기에는 사진을 찍어댔지만, 글을 쓰려고 책상에 앉았을 때 사진 속 풍경밖에 기억나지 않는 것을 경험한 뒤로는 풍광을 메모하기 시작했다고.

작가는 사진으로 남은 기억을 면도날 같다고 했다. 날카로운데 너무 날카로운 걸까, 사진 이외의 경험은 송두리째 잘려나가 버렸다. 대신 기록에 의존해 여행기를 적고 인생을 적다 보면 결국 좋은 것은 더 또렷하게 나쁜 것은 흐릿하게 보정하게 되는데, 결국 어떤 여행을 경험했느냐 어떤 삶을 살았느냐보다 어떤 시선으로 바라보느냐 어떻게 말하느냐가 중요하다는 것을 깨닫게 된다고 했다. 삶이 픽션처럼 되어 버린다고 할지라도.

나는 기저귀를 갈아 주거나 이유식을 먹여 주는 모습, 고개를 숙이고 있거나 등을 구부리고 있는 모습을 사진으로 남기고 싶었다. 빨래가 건조대에 널려 있고 물수건이며 보행기가 돌아다니는 풍경. 외출을 마치고 돌아와, 이동 중 내내 간신히 버텨낸 아기의 허기를 채우기 위해서 겉옷만 휙 벗어 던진 채 급하게 베개로 아기 머리를 받치고 수유하는 모습, 다리를 죄는 스타킹을 얼른 벗고 싶고 카디건에서도 탈출하고 싶어 아기에게 젖을 물리면서 가까스로 몸을 들썩이는 모습, 그런 진실하고 다급한 상황을.

그러나 사진기를 조작할 수 있는 남편은 자주 부재했고, 또한 적나라한 상황을 담기에는 머뭇거려졌다. 그래서 글로 남기게 된 일상은 긴박하고 부지런하고 헌신적인 모성을 추켜세우면서도, 어지러운 집안 모습이나 정신없는 아이들의 움직임은 적당히 아웃포커싱 처리했다. 어떻게 전달하느냐에 따라, 어떤 시점으로 바라보느냐에 따라 '사건'은 '의미화' 되고 추억으로 승화되는, '픽션화' 이론에 부합했다고 할까.

어느 여름, 마지막으로 씻은 한호까지 방으로 들여보내고 잠깐 젖은 옷가지며 수건들을 모은 후 문을 열었다. 여태껏 아무도 옷을 입고 있지 않았다. '오늘은 시원해서 에어컨 대신 창문을 열고 자도 되겠다' 저녁 어느 즈음 말했지만, 그게 나의 혼잣말이었나 기억을 짚어봐야 했다. 발가벗은 아이들은 에어컨을 '강' 모드로 틀어 놓고 베개 싸움을 하고 있었다. 반듯하게 자리 봐 둔 이불은 아귀가 다 틀어졌고 흥겨움은 에어컨 모드 만큼이나 강하게 작동하는 중이었다.

아기와 함께한 순간들, 그리고 아기가 자라 형이 되는 시간, 다음 아기가 형의 아기 때마저 소환해서 추억을 엿가락처럼 길게 잡아 당겨주고 기쁨을 복기하게 하는 나날들. 이 추억을 손에 움켜쥘 수 있을까 싶어서, 무엇보다 나의 기록이 훗날 아이들에게 선물이 되기를 바라면서 글의 갈피를 채우지만, 그것은 자주 각색되곤 했다.

발기벗은 까만색 민낯과 뛰어놀며 다치고 멍든 못난 다리, 이 사이 가득 낀 초콜릿 같은 현실은 내 머릿속 보정 과정을 거칠 때마다 깨끗하고 정갈하게 둔갑해 버렸다. 모든 역사가 그렇듯 우리 가족의 이야기에도 역사 기록자의 개입이 클 수밖에. 나는 사형제의 시끄럽고 땀내 나는 사진 옆에 아름다움을 집어넣었다.

욕실 정리를 마치고 나오면서 반듯하게 누워 잠잘 준비를 하는 아이들 모습을 기대했지만, 현실은 결코 그렇지 않다. 나는 이 모습을 어떻게 해석할까. 절망이라고 할까 의외라고 할까, 소란스럽다고 할까 혹은 활기라고 할까. 나는 가장 아름답고 영원한 문장을 고르기 위해 당장의 상황은 키워드로 남기지만 느낌과 해석은 익어가도록 며칠을 기다린다.

　우리의 공간은 우산집이든, 이불집이든, 박스집이든, 그 무언가로 만들어진 비밀의 기지가 있고, 책과 장난감의 미로로 가득 찼다. 그리고 그 안에서 환하고 때론 침울한 아이들.

　그렇게 나의 기록은 사진과 달리 수정과 보정을 거쳐 픽션이 될지라도, 우리들의 장면과 이야기는 쉬이 잊히지 않으리. 늘 현재형으로 지금을 살아가리.

우리가 액자 속 그림이라면

베란다 밖을 내다보던 준호가 함성을 질렀다.

"엄마, 밖에 포크레인 있어. 포크레인!"

"포크레인? 포크레인이 왜 있지?"

준호는 곧장 샌들을 챙겨 신고 포클레인을 확인하러 뛰어나 갔다.

"엄마, 엄마. 포크레인 맞아. 포크레인! 나와 봐."

저편 놀이터 앞 공터를 새 블록으로 교체하더니 산책로까지 공사를 확장한 듯했다. 졸음에 겨워 칭얼대는 한호를 유모차 에 앉히고 책 한 권 챙겨 집을 나섰다.

키 큰 푸른 나무들이 지붕을 만들고 인적도 드물어 내가 좋 아하는 장소, 후문 경비실 앞. 졸던 한호는 이내 잠이 들었고 준호는 포크레인을 보며 신이 났다. 이럴 때면 아들 키우는 일은 얼마나 쉬운가. 공사장에 오기만 하면 되는 것을. 하긴, 내가 공사장에서 보낸 시간도 얼마인지.

나는 원피스 치맛자락을 잘 돌려 감싸고 화단으로 쌓아 올린 돌부리에 걸터앉아 책을 읽어 내려갔다. 준호가 끼어들기 직전까지 짧은 순간이지만 분명 중장비의 소음과 불편한 의자와는 사뭇 다른 시공간에 다녀왔다.

누군가 이 순간, 엄마는 평온하게 책을 읽고 작은형은 포클레인을 구경하고 아기는 잠든 모습을 찍어 주면 좋겠다고 생각했다. 액자처럼 걸린다면 어떨까. 엄마의 복장과 엉거주춤한 자세, 공사 현장의 육중함, 보살핌이 필요한 어린 두 아들을 보면서 누군가는 육아의 무게감과 삶의 무료함이라고 비평하게 될지 모르겠다. 반면 다른 누군가는 엄마 손에 들린 책과 준호의 환호성을 상상하고, 잠든 아기의 평온한 숨소리를 들으면서 '엄마와 어린 아들들의 뜻밖의 구경'이라고 작품명을 지을 수도 있겠지. 더 세밀한 평론가라면 엄마 손에 들린 책이 《소설가의 일》임도 알아챌 것이다.

대체로 내가 가장 좋아하는 풍경. 우리 모자가 각자 좋아하는 것을 좋아하도록 허락하면서 또 함께 평화로운 오후.

일반명사가 특별명사가 되는 이야기

임신을 확인한 지 몇 주가 지났지만, 태명을 짓는 데 서두르지 않았다. 사실 몇 가지 단어들을 혀끝에서 굴려 보기도 했지만 그저 예쁘거나 재밌거나 나의 욕망을 담은 언어로 결정되지 않길 바랐다. 물론 출생 후 등본에 기재되는 이름을 갖게되면 무용해지겠지만, 태아가 자라는 동안은 그 존재의 구석구석을 불러 줄 소리가 될 것이다.

오래전 권정생 할아버지의 《강아지똥》을 어린 승호에게 읽어주었다. 달구지에서 떨어진 흙과 강아지 똥의 대화가 반복되는 내용이었다. 승호는 끝까지 이야기를 잘 들었고 언젠가 길가의 똥을 보며 "이제 민들레가 필 거야"라며 책의 결말을 상기하기도 했지만, 막상 나는 권정생 할아버지의 책은 피로한 구석이 있다는 편견을 갖게 되었다. 다섯 살 승호에게 어렵지 않을까 지루하지 않을까 너무 신경을 썼던 탓인지.

최근 권정생 할아버지의 《밥데기 죽데기》라는 책을 읽으며 깜짝 놀랐다. 첫 장면부터 솔뫼골에 사는 늑대 할머니가 등장하고 시장에서 사 온 달걀로 '밥데기 죽데기'라는 아이들을 만들어 내는데 이전 《강아지똥》을 읽었을 때의 잔잔함, 고요함과는 전혀 딴판이었기 때문이다. 권정생 할아버지의 글에 이런 판타지가 있었다니? 그 후 권정생 할아버지의 글을 몇 편 더 접하며 각각의 메시지에 매료되었다. 오늘은 《새해 아기》라는 단편 동화를 읽고 드디어 오랫동안 미루어 왔던 태명을 지었다.

책에는 숲속에서 발견된 두루뭉수리가 등장했다. 사슴도 다람쥐도 곰도 모두 궁금해하는 두루뭉수리. 이 새로운 존재에 대해 "누군데요?" 동물들은 궁금해 안달이 났고 하나님은 "사람 아기야. 세상을 아름답게 만드는 일꾼이 될 아기야"라고 말씀하셨다. 아기는 방울 소리가 나고 무지개 장식을 한 꽃수레에 태워져 모든 동물의 보호 속에 세상의 문 앞까지 이르렀다. 나는 이 아기가 누굴까. 특별한 인물, 그러니까 박혁거세나 주몽 같은 신화 속 인물일까, 궁금했다. 모든 동물의 축복과 부러움 속에서 화려하고 빛나게 등장하는 아기는 분명 위대한 탄생을 예고하고 있었으니까.

그러나 그 아기는 이 세상에 태어나는 모든 아기, 다름 아닌 모든 새 생명을 상징했다. "너는 세상에서 제일 아름다운 꽃이 되어라. 그래서 온 누리에 향기를 퍼뜨려라" 사명을 받은 작고 큰 존재.

나는 밋밋하리만큼 무구한 글을 읽으며 자주 생각을 가다듬기 위해 멈춰서고 눈을 감았다. 책 속의 주인공 아기가 특별한 인물이었다면 내 뱃속 태아의 이름으로 짓기에 오히려 주저했을 것이다. 그러나 그 아기가 모든 아기를 의미한다는 것을 알았을 때 나는 내 뱃속의 특별한 아기가 다른 모든 아기와 같으므로 소중하다는 것을 발견했다. 일반명사가 특별명사가 되는 이야기. 모든 아기에게 불러줄 그 이름을 나의 아기에게 태명으로 주었다. 책 제목처럼 '새해 아기'라고.

아들이 인간으로 보일 때

　사노 요코의 《자식이 뭐라고》에는 아들을 관찰한 작가의 표정이 그대로 드러나 있다. 여섯 살 철없는 아들은 좋아하는 여자아이가 집에 놀러 왔는데도 떠들고 방방 뛰어다닐 뿐, 그녀를 기쁘게 할 만한 모든 것에서 결여돼 있었다. 결국 여자아이는 조숙한 표정으로 '아, 싫다'라고 눈썹을 찌푸리며 헛웃음을 지었다. 그런데 그날 저녁, 모든 파티가 끝난 뒤 아들이 작가에게 묻는다.

　"엄마, 그것 알아? 아까 ○○가 베란다에서 계속 바깥쪽을 보던 것, 오랫동안 보던데 ○○는 무슨 생각을 했을까?"

　원숭이처럼 소리를 질러대던 아들이 여자아이를 쭉 지켜보고 있었다니, 자신이 아닌 다른 존재가 무슨 생각을 하는지 스스로 묻고 있었다니. 그 사실에 사노 요코는 아들을 한 인간으로 신뢰하고 싶어졌다고 고백했다.

외출에서 돌아와 유모차를 채 접지 못하고 현관에 그대로 세워 두었다. 규호가 뒤뚱뒤뚱 걸어가 유모차 프레임을 붙잡고 안간힘을 쏟고 있었다. 그 모습을 보고 지나쳤는데, 다시 나왔을 때는 유모차 안장에 앉아 있는 규호를 발견했다. 스스로 으쓱해 하며 위용 있던 모습. 거실에서 책을 읽던 준호와 한호가 "엄마, 엄마. 여기 봐, 여기. 규호가 유모차에 혼자 올라가 앉았어. 아 귀여워" 환호하기 시작했고 방에서 뭔가에 골몰해 있던 승호마저 끌어냈다. 세 형이 규호를 둘러싸고 춤을 추며 규호의 성취를 함께 기뻐했다.

욕실 변기에 손 넣는 것을 재밌는 놀이처럼 여기는 규호 때문에 '욕실 문 꼭 닫기'가 우리집의 중요한 지침이 되었다. 엊그제 화장실 문을 비스듬히 열어 둔 채 손을 씻는 한호를 주시하고 있던 규호. 기회의 순간이 허락된다면 곧장 달려가 변기에 손을 넣을 계획이었다. 한호가 이 상황을 감지하고 급하게 문을 닫았는데 아기가 문 틈에 손을 넣고 있었던 것은 미처 몰랐던 모양이었다. 순간 '앙' 울음을 터뜨리는 아기. 한호와 준호가 규호 곁으로 얼른 달려갔고 손가락 마디가 움푹 들어간 것을 확인했다. "형, 큰일 났어. 큰일 났어. 규호 손 봐. 규호 손!" 호들갑을 떨며 다시 승호를 불러냈다. 아기의 손에 '호' 입김을 불어 주고 보들보들 마사지하던 형제들. 함께 근심하고 함께 진지하던 모습.

　사노 요코는 자기 아들을 원숭이 같다고 했고 나도 별반 다르지 않게 생각했다. 그저 하루하루 어떻게 하면 많이 놀까, 어떻게 하면 많이 먹을까만 생각하는 듯한 본능적 존재들. 그러나 이런 사랑과 연합 앞에 나의 마음은 한없이 부드러워진다. 작가의 말처럼 인간으로 보이는 것이다. 형제들의 뒷모습을 발견할 때마다 뭉클하고 어깨의 긴장을 내려놓게 된다. 이것으로도 충분한 아이들 뒤에서.

글자가 글자를 사랑하던 날들

　새로운 계절을 맞을 때면 인간은 탄성을 내지르지만, 사실은 계절 스스로가 스스로에 빈하고 있는 것을 나는 눈치챘다. 얼마나 예쁘게 가꾸는지, 얼마나 넘친다 싶을 만큼 만발하고 싶어 하는지. 스스로 황홀해하는 모습을 지켜보면서 내가 아무리 봄꽃 때문에 기뻐하고 여름의 나무를 향해 손을 뻗어도 '나의 감상평은 부족하구나, 표현력도 감흥력도 계절 스스로를 따라 갈 수 없구나!' 새삼 깨닫고는 한다. 계절은 그 누구를 위해서가 아니라 스스로의 기쁨과 행복을 한껏 드러낼 뿐이다.

　노래는 자주 스스로에 대해 노래하고 있었다. 그룹 아바(ABBA)의 대표곡 'Thank you for the music'은 "누가 음악 없이 살 수 있죠? 노래가 없다면 우리의 삶이 대체 무엇이겠어요? 나는 음악에 감사해요"라고 자기를 찬양한다. 그런데 그런 '자기애'의 모습에 눈살을 찌푸리기는커녕 오히려 깊이 동의하게 된다. '노래의 말이 맞아. 노래가 없다면 우리의 삶이 어쩔 뻔했어. 노래야 고마워' 그리고 같이 따라 부르면 양 볼의 광대뼈는 빨갛고 단단해진다.

우리는 읽는 존재. 문자든 문장이든 문단이든 읽어야 하고, 궁극적으로는 책을 읽으며 어떻게든 영향을 받는다. 책은 다른 어떤 매체보다 독자의 적극적이고 희생적인 참여가 있어야 선택될 수 있는 입지에 있지만, 그럼에도 독자에게 아부하지 않는다. 얼마나 자신을 사랑하는지, 얼마나 당당한지, 얼마나 자신의 능력치에 대해 잘 알고 있는지.

책 역시 계절 혹은 노래에 못지않게 자주 자신을 소재화했다. 《나의 린드그렌 선생님》의 주인공은 '비읍'인데 이 아름다운 이름은 돌아가신 아빠가 지어주신 것이다. 'ㅁ'까지 밖에 모르던 아빠가 'ㅂ'을 배우면서 책을 읽을 수 있게 되었고, 그때 새로운 세상이 열렸다고. 아빠는 딸을 낳으면서 그때의 감동을 딸의 이름으로 주었다. 아빠의 멋진 모습 덕분에 더없이 뭉클해서 한동안 손을 턱에 괴고 있던 나는 문득 '자음'들이 '자음'들을 자랑하고 있다고 생각하면서 설핏 웃었다. '역시, 충분히 그렇게 할 만해'라고 인정할 수밖에 없으니까. 《나의 아름다운 정원》에서 박영은 선생님은 난독증을 앓고 있는 동구가 글자를 익혀 나갈 때 "동구야 모르는 글자도 읽을 수 있어. 모르는 말이라고 겁먹을 필요 없어"라고 이야기해 준다. 그렇구나. 모르는 말도 읽을 수는 있는 거구나. 나는 갑자기 내 눈을 단단히 가리고 있던 손아귀의 힘이 느슨해지는 것을 느꼈다. 《우리가 글을 몰랐지 인생을 몰랐나》는 할머니들이 글자를 깨치고 쓴 그림과 이야기 모음집이다. 할머니는 '글을 아니까 어디를 가도 겁이 안 납니다. 글을 모를 때는 남한테 물어보기 부끄러워 버스를 놓친 적도 많았습니다' 같은 고백을 글을 통해 전한다.

자음에 대해, 글자에 대해, 문장에 대해 이야기하는 책은 도서관, 헌책방 등 공간에 내해, 또 인쇄술의 발날과 ㄱ 이선 금서의 시대에 대해, 결국 전 인류 역사에 걸쳐 책이 끼친 영향에 대해 책 스스로를 통해 숱하게 밝히고 있다. 대체로 나는 이렇듯 책에 얽힌 책 이야기, 자화자찬의 이야기를 시샘 없이 좋아한다.

어쩌면 ㅂ의 아빠처럼, 동구처럼, 할머니들처럼 그리고 다른 수많은 책의 사람들처럼 나도 읽는 것과 쓰는 것에 큰 빚을 졌다. 다니엘 페낙의 표현대로, 훔친 시간으로 책을 읽었고 글을 썼다. 항상 부족하다고 느끼면서도 농부의 글쓰기, 노동자의 글쓰기처럼 엄마의 글쓰기는 펜이 아닌 몸으로 쓰는 글, 일하는 글의 치열함을 닮았다고 생각했다. 그 모든 시간은 어쩌

면 계절이 계절을, 노래가 노래를, 글자가 글자를 사랑하는 것
처럼 나를 나로서 사랑하던 날들이었다.

한 손엔 국자, 한 손엔 책

레시피에는 커다란 냄비에 채 썬 우엉과 넉넉한 양념물을 붓고 약힌 불로 50분 동안 끓인 뒤, 마침내 뚜껑을 열었을 때는 센 불에서 재빠르게 뒤적이라고 쓰여 있었다. 이 마지막 세차게 졸여지는 손끝에서 우엉조림의 맛이 결정될 셈이었다. 업고 있던 등 뒤의 규호는 잠이 들었고 삼형제는 놀이터에 나간 고요함. 볶음 국자만 휘젓고 있는 것이 못내 아쉬워 얼른 유모차 밑에서 《나의 두 사람》을 꺼내 왔다. 한 손엔 국자, 한 손엔 책.

책 뒤표지의 추천사를 읽을 때부터 덜컹거리던 마음은 날개 안쪽 저자 소개 세 글자 이름 앞에서 시동이 꺼진 듯 멈춰서고 말았다. 세상을 비추는 사람이 되라는 뜻으로 할아버지가 지어주신 이름 김달님. 그렇게 예쁜 이름으로 불리는 손녀가 태어나는 순간부터 할아버지 할머니는 50세의 나이에 다시 부모가 되었다. 사람은 모두 늙는다지만 50년이라는 시간은 좁혀지지 않아 발을 동동 구르는 기분이라는 손녀가 이 책의 저자.

나는 냄비의 불을 끄고 방으로 들어와 메모를 남겼다. 우엉조림은 망친다 해도 순간의 울컥함은 놓칠 수 없었다. 며칠간 우엉조림을 먹고 책을 읽어갈 시간이 이미 아름답고도 먹먹하게 놓여 있었다.

'할머니는 고등어 반 토막을 구워 자신의 밥 위엔 껍질을, 내 밥 위엔 살코기 전부를 올려 주었고'

《나의 두 사람》 중에서

삶은 이야기

설거지를 하는 동안 《나의 두 사람》을 쓴 김달님 작가의 인터뷰를 들었다. 온화하고 맑은 이야기가 부엌의 공기를 데워주는 것 같던 밤, 설거지의 노동이 더없이 가볍게 느껴졌다.

인터뷰어는 특별히 기억에 남는 독자가 있는지 질문했고 김달님 작가는 두 분을 소개했다. 한 분은 김달님 작가의 할머니처럼 직접 손녀를 키우고 계시는 할머니였다.

할머니 독자가 보낸 편지에는 '최선을 다하고는 있지만 나중에 손녀가 받게 될 상처 때문에 두렵고 마음이 아플 때가 많았다. 그러나 작가님 책을 읽고 용기를 얻었다'고 쓰여 있었다. 그 후 작가님의 북토크에 어린 손녀와 함께 직접 찾아오시기도 했다는 할머니. 김달님 작가는 첫 번째 독자로 그녀 자신의 할머니 같은 할머니 독자를 기억했다.

이어서 꼽은 독자 역시 할머니였는데 멀리 호주에서 엽서를 보내 주신 분이었다. '한인 할머니들이 모여 북클럽을 하는데, 김달님 작가의 책을 읽었고 각박한 세상에서 대한민국의 희망을 보았다'라고 소감이 적힌 엽서였다.

두 할머니 독자의 사연을 들으면서 그 자체로서 뭉클했지만 더불어 책 읽는 할머니, 책 읽는 할머니들의 모임이 특별하게 인식되었다. 할머니지만 여전히 책을 읽는다는 것, 책을 통해 계속 삶을 배우고 위로받고 살아낸다는 것, 더불어 모임까지 갖는다는 것.

나도 막연하나마 책 읽는 할머니가 되기를 바랐다. 《엄마와 함께한 마지막 북클럽》의 모자처럼 장성한 자녀와 책을 사이에 두고 대화하거나 손주들에게 그림책 읽어주는 모습을 상상했다. 하지만 할머니가 신간을 찾아 읽고, 특별히 삶에 꼭 맞는 책을 발견하는 축복을 누리고, 직접 삶에 적용하고, 작가에게 편지를 보내고, 북토크까지 찾는 모습은 예상하지 못했다. 먼 나라에서 고국의 책을 운송 받아 읽고, 여럿이 함께 감동을 나누고 감사의 엽서를 보내는 정성 역시도.

할머니의 사연을 들으면서 아직 할머니라는 존재, 건강과 여유와 생각에 대해 잘 알지는 못하지만 내처 삶은 적극적이고 성실하게 전진하는구나…… 그 여정에서 책은 여전히 좋은 벗, 손 내밀어 주는 다정함이 되는구나, 하는 것을 확인할 수 있었다.

인터뷰를 들으면서 '글이 되는 소재란 무엇일까'에 대해서도 생각했다. 김달님 작가는 조손가정의 손녀로 자라온 삶을 묶어 첫 책을 썼다. 30년 평생의 이야기를 한 권에서 다 써먹은 것이나 다름없었다. 그런데 1년 간격을 두고 발간한 두 번째 책 《작별 인사는 아직이에요》에서는 역할의 대반전이 일어났다. 그간 할아버지 할머니의 보호를 받고 자란 위치에서, 치매와 질병으로 약해지신 할아버지 할머니의 보호자로 존재가 이동한 것이었다. 그 변이는 새로운 소재가 되어 또 한 권의 책이 되기에 부족함이 없었다.

첫 번째 책을 덮었을 때, 나는 깊고 따뜻한 슬픔에 흐느적거리면서도 독자로서의 이기심을 버리지 못했다. 작가는 조손가정 자녀로서의 30년 평생을 한 권의 책에 다 쏟아냈는데, 그렇다면 나는 김달님 작가의 문체가 담긴 새로운 책을 언제 다시 만날 수 있는 것일까 하는 걱정 때문에. 그녀의 존재가 토할 수 있는 모든 재료를 첫 책에 다 퍼 올린 것이 아닐까 염려했던 것이다. 그러나 불과 1년 만에 두 번째 책이 나왔다.

김달님 작가는 어린 동생과 주고받았던 문자에 대해 언급했다. 아버지가 다시 결혼해 낳은 아이에 대한 이야기였다. 첫 번째 책에서 거의 등장하지 않았던 아버지와 아버지 가족에 대한 이야기가 두 번째 책에서는 몇 문장으로 묘사되어 있었다. 할아버지 할머니의 공동 보호자로서 함께 의논하고 일거리를 나누는 정도가 아버지와의 관계라며, 그는 이제 시작하는 단계라고 말했다. 누군가에게는 시작이 늦을 수도 있다고 담담하게 말했다. 그러나 어린 동생의 문자가 너무나 귀엽다고 하는 작가의 말투에는 뭔가 뭉클하고 따뜻한 질감이 섞여든 것 같았다. '이건 분명 또 한 권의 책이 될 수 있을 거야' 주책스러운 관심이 증폭되었다. 작가에게 글의 소재란 나의 염려와 달리 텅 빈 바가지를 박박 긁어 모아내는 무엇이 아니라 무궁무진한 것이구나, 쓰고 싶은 것이 넘쳐흘러 그 중에 취사선택하는 것이구나, 라고 문득 생각했다.

지금은 아이들의 성장 이야기가 매일 같이 갱신되고 육아가 내 삶의 전부라 그 반경 이상을 상상하지 못하지만, 이 시기가 지난 후에도 이야기는 가득하리라. 나의 하루를 돌아보고 해석하고 정리할 때 그 무엇이라도 이야기가 될 때, 한 뼘이라도 같은 마음의 누군가를 위로할 수 있을 것이다.

명령문이 불가능한 동사

고구마 찐 것과 물을 옆에 두고 무릎 위에 책을 펼쳤다. 놀이터에는 승호와 준호를 비롯한 저학년 아이들이 '경찰과 도둑' 놀이를 시작할 참이었다. 모두 도둑을 하겠다고 해서 승호가 경찰이 되었다. 까르르 웃으며 사방으로 흩어지는 빠른 달음질 소리. 육상 경기에 출전한 것처럼 입을 앙다물고 뒤쫓는 결기와 아슬아슬하게 놓쳤을 때 털썩 주저앉는 아쉬움, 혹은 옷 끝을 스쳐 도둑을 잡았을 때 터져 나오는 노래가 아이들을 십여 분 만에 땀범벅으로 만들었다. 정말 최선을 다하는 아이들! 아이들의 최선에서 시선을 거두어 나도 최선을 다해 문장들을 따랐다.

문법적으로는 명령문이 가능하되 윤리적으로 또 실천적으로 불가능한 동사가 있다. '읽다'가 그렇다. 어떤 사람에게 '꿈꾸라'라고 해서 꿈을 꿀 수 있지 않듯 책읽기가 내키지 않는 이에게 '읽어라'라고 해봤자 진심 어린 독서가 이뤄질 수 없다. '읽다'가 이런 동사군에 포함된다는 점이 읽기를 더 사랑하게 만든다.

《읽기의 말들》 중에서

부모로서 자녀들에게 자주 명령문으로 말했다. '지금 안 먹으면 밥 없어져, 청소해야지, 잠잘 시간이네' 권유와 설명 혹은 협박형 어미를 입었지만, 내용은 지시와 명령이었다. 즉시 행동을 끌어낼 수 있는. 그러나 책에서 말한바 '읽어라'라는 동사가 명령문으로 가당치 않듯 '배려해라, 양보해라, 감사해야지, 삶을 소중히 여겨' 등은 진정한 명령문으로 성립될 수 없었다. 혹 자녀가 명령으로 통제 가능한 존재라면 훨씬 수월하겠지만 자녀는 복종시켜야 할 대상이 아니니까. 설사 엄마가 바라는 것들, 엄마가 시키는 것들을 흉내 내며 따랐다가도 결국 건성이 되고 만다면 그건 애초 시도하지 않은 것보다 나쁜 결과일지도 모르겠다.

서너 살, 네다섯 살 아이의 신체발달과 모든 것을 탐색하는 호기심은 때로 나를 곤경스럽게 했다. 쌀통에 곧잘 손을 넣어 곡물의 질감을 휘젓고 싱크대의 냄비들을 꺼내서 두드리거나 이불들을 쏟아 놓고 옷장 속에 숨어들었다. 나는 비교적 너그러운 엄마였고 경험을 중요하게 생각했지만 그럼에도 "안돼"라고 할 것들이 너무 많았다. 육아서에서는 창의력과 상상력이 폭발적으로 발현되는 이 시기에 "안돼"라고 하면 안 된다고 했는데, 만지고 맛보고 느끼면서 자라야 한다고 했는데. 주저하면서도 자주 "안돼"라고 말할 수 밖에 없었고, 결과적으로는 무참해졌다.

나는 "안돼"라고 하면서도 이 말이 아이에게 가닿을지 확신하지 못했고, 결과에 대해서도 의심했다. 결국 "안돼"는 자주 실패하는 명령이 되었다. 나와 아이가 함께 나쁜 엄마, 나쁜 자녀가 되어가던 시기, 나는 나에 대한 믿음과 아이에 대한 믿음에 대해 생각했다. "안돼"라고 말할 때, 아이가 그 말에 순종할 것을 믿기로 했다. 이런 다짐은 아이가 꼭 순종해야 하는 상황, 꼭 순종할 것 같은 상황에서만 "안돼"라는 말을 사용하게 이끌었다. 습관적으로 주의도 기울이지 않은 채 그저 "안돼, 안돼" 하고 지나치는 것이 아니라 아이가 순종할 만한 일 앞에서 명확하게 전달했다. 쓸데없는 명령이 줄어들고 명령에 대한 순종이 쌓여가던 날. 명령으로 가능한 것과 그렇지 않은 것은 아이의 내면과 내용 모든 것에서 복합적으로 이루어졌다. 이제 영유아기를 벗어난 아이의 삶에 궁극적으로 명령문이 될 수 없는 동사가 기꺼이 많아지면 좋겠다. '뛰어놀다'는 과연 명령형으로 구현될 수 있을까. 뜀박질을 흉내 낼 수는 있겠지만, 내면으로부터 차오르는 몸과 마음의 환희는 억지로 강제한다고 발현될 수 없을 것이다.

승호는 '뛰어놀다' 동사의 불가능한 명령문을 기꺼이 현현하고 나는 '읽다'라는 동사의 불가능한 명령문을 즐거이 실천하고 있던 놀이터에서의 시간. 명령문이 불가능한 동사가 겹겹이 쌓이는 몸과 마음이 사랑스러웠다.

제자리로 끌어당기는 추

"이 동화가 실제인가요?"

《밤티마을 큰돌이네 집》 창작 배경에 대해 질문하는 어린 독자들에게 이금이 작가는 긴 서문으로 대답을 대신했다. 작가의 자녀들이 여전히 어렸을 때 한마을에 같이 살던 오누이, 엄마 없이 할아버지, 아빠와 살던 오누이를 기억하며 동화를 지었다고. 집에서나 밖에서나 천덕꾸러기 취급을 받았지만, 작가의 집에 와 어린 동생들과 놀아 줄 때면 그들은 영락없이 맑고 환했다고 했다. 얼마 뒤, 친엄마가 두 아이를 데려갔지만, 작가의 마음속에 그 오누이는 떠나지 않고 남아 자신들의 이야기를 동화로 써 달라며 졸랐다고 덧붙였다. 동화의 시작이었다.

《너도 하늘말나리야》의 서문에도 꼭 같은 말이 있다. 작품의 배경이 된 느티나무와 진료소의 모습이 제대로 글로 쓰이지도 않고 그렇다고 잊히지도 않으면서 10년 세월 작가의 마음에 앉아 있었다고. 그 속앓이의 시간을 통해 종국에는 동화 속 등장인물이 피붙이 같이 여겨져서 어느 한 명도 소홀하게 다룰 수 없었다고 한다.

대부분의 작가가 산고를 겪듯 기진맥진하며 출간하는 작품에는 태아가 수정되는 순간처럼 시작이 있고 입덧과 같은 과정이 있었다. 작가들이 대단하다고 느껴지는 것은 적확한 단어 하나하나를 두고 오랜 시간 싸우는 섬세함이나, 방대한 스케일의 자료를 수집하고 배열하는 인내심 때문이기도 하지만 무엇보다 속앓이, 등장인물의 삶을 같이 살아내는 것에 있다고 여겨졌다. 그러니까 작가들이 두 배, 세 배의 삶을 살며 기쁨과 슬픔의 수많은 타래를 감내한다고 생각했다.

신문 기사 한 줄 또는 문득 마주한 한 장면에 압도당하고 '이 이야기가 왜 내게로 왔는가'를 풀어야 할 숙제처럼 안고지고 살아가는 작가의 숙명. 그에 비할 수는 없지만, 나 역시 삶의 순간순간, 나를 똑똑 일깨우는 생각들을 때론 짐처럼 때론 나침반처럼 내면화하고 있었다.

오늘 같은 날. 승호에게 더 좋은 물건을 사주고 싶을 때, 준호에게 형에게서 물려받은 것 말고 새것을 선물하고 싶을 때, 사형제 중 한두 명 것은 사고 한두 명 것은 슬그머니 내려놓는 대신 4개를 색색별로 골라서 품에 하나씩 안겨 주고 싶을 때. 내 마음의 돌덩이, 돌덩이 같지만 실은 나침반의 자침이 흔들거리다가 결국은 방향을 잡고 멈춰 섰다.

우간다 수도 캄팔라에서 5시간, 그곳 사업장에서 다시 비탈길을 2시간 달려 작은 마을에 도착했다. 나무를 엮어 지은 창문 없는 집. 단지 틈새로 스며드는 길고 가느다란 빛 한 줄기, 그 빛으로 겨우 소녀의 얼굴 반쪽을 확인할 수 있었다. 어두운 공간 속에서 몇 년간 소녀에게 일어난 사건을 전해 들었을 때 그것은 어찌나 영화 속 줄거리와 똑같던지. 지금이 현실인지 영상을 편집 중인 것인지 아니 나의 얕은 영어 실력 때문에 잘못 이해한 것은 아닌지 계속 의심하고 있었다.

마을을 빠져나오면서 길 양쪽의 집들을 번갈아 바라보았다. 여기 어디 즈음 수풀 속에서 납치됐을까? 반군을 피해 밤마다 모였던 공동의 공간은 어디일까? '나이트 커뮤터(Night commuter)'의 삶을 상상했던 지프에서의 덜컹거림이 사그라지지 않았다.

또 다른 날은 모잠비크의 한 마을. 트럭 뒤에 앉아 달리던 3시간 내내 머리를 쓰다듬어 주던 아름다운 하늘과 연둣빛 산, 그리고 바퀴의 적당한 이탈은 삶의 생생함을 건네는 듯 평화로웠다. 한국으로 돌아가면 곧 결혼할 예정이었는데 그냥 이곳에 머물고 싶다고 불쑥 찾아드는 마음에 당혹스럽기도 했다. 그러나 도착한 마을에서 마주했던 식수 문제의 심각함. 아프리카의 물통 색은 어쩌면 이토록 쨍한 노란색이며 교복들은 그토록 파랑일까. 검은 얼굴과 보색 대비되어 더 선명하고 예뻤던 사진들처럼 실제도 그와 똑같았고, 시각적 충격에 꼭 선글라스를 벗어 다시 확인하고는 했다. 그러나 첫 풍경의 색감에 익숙해지고 나면 그보다 더 강렬하게 대비되는 현실들을 직시할 수 있었다. 노란 물통을 이고 물을 길어 가는 작은 아이의 오랜 시간과 맨발들을 따라갔다.

케냐 수도 나이로비에서 40분간 경비행기로 이동해 코어 사막에 내렸다. 나뭇가지를 엮어 지은 움막을 보았지만, 손가락으로 꼽을 만큼 적었다. 건조한 땅에는 바싹 말라 곧 부러질 것 같은 잡초들만 듬성듬성 나 있었다. 얼핏 보아도 농사는 불가능하고 가축 몇 마리를 키워 젖을 내는 게 유일한 식량 같은데, 그럼 가축은 무엇을 먹는 것일까. 사방 황량하게 펼쳐진 넓은 대지에는 뜯어 먹을만한 무언가가 전혀 잡히지 않았다. 그럼에도 두 세 시간을 걸어서 학교로 모여드는 어린이들. 본래는 칠판 하나 세워 놓는 곳이라면 그곳이 어디든 학교였지만 이제, 후원자들의 기부로 작은 건물이 세워졌다.

인도네시아 발리의 해안가에서 2시간가량 지그재그 좁고 가파른 길을 오르면 섬 꼭대기에 닿는다. 저 아래 세계 최대의 화려한 휴양지와는 완전히 다른 곳. 풀숲을 헤치면 예상치 못한 곳에 낡은 집이 있었고, 갑자기 마주한 낯선 손님에게 웃어 주는 사람들이 있었다. 문득 희귀한 큰 혹을 달고 있는 어린이, 건조한 각질이 피부를 뒤덮은 어린이를 발견했다. 급히 사진을 찍고 메모를 하면서 보고할 자료를 만들었다.

서울대병원에서 심장병 수술을 마친 베트남 어린이들을 만났다. 소독된 가운을 입고 중환자실에 들어가는 것이 나로서는 처음이었다. 아직 의료 장치들을 몸에 붙이고 있어서 많이 아파 보였지만 다행히 건강하게 회복되고 있는 중. 이제 친구들이 축구하는 것도, 뛰어가는 것도 그저 바라보기만 하던 외로움에서 벗어날 수 있을 것이다.

결혼 전 국제구호단체에서 일하며 만났던 많은 어린이. 나는 그 풍경으로부터 거리적으로 시간적으로 점점 멀어졌지만, 그 기억이 사소한 결정과 결심의 순간, 무형의 '디폴트(Default)'가 되었다. 어지러운 갈래 속에서도 북극과 남극을 찾아 회귀하는 나침반처럼, 거칠게 흔들리다가도 0점으로 되돌아오는 추처럼. 누구에게든 자신을 끌어당기는 추가 있으리라. 작가의 마음에 앉아 글로 구현해 달라고 조르는 장면 같은 것이.

살갗에 닿는 말들

도서관 서재를 훑다가 문득 집어 든 그림책에는 투명 점자 라벨지가 붙어 있었다. 나는 엄지의 지문으로 점자를 가만히 쓸어 보면서 시각 대신 촉각이 읽어내는 이야기를 상상했다.

《발자크와 바느질하는 중국 소녀》는 지식인과 재산가들이 학살당하고 유린당하던 문화대혁명 시기, 재교육을 받기 위해 농촌으로 추방된 '나'가 들려주는 이야기이다. 어느날 '나'는 또 다른 마을로 추방된 '안경잡이'에게서 발자크의 얇은 책 한 권을 숨겨 왔다. 감시를 피해가며 일독을 마쳤을 때, 문득 책 의 몇 구절을 베껴야겠다고 생각했다. 지식인의 상징이라면 무엇이든 위험하던 시절, 여분의 종이가 없던 그는 점퍼 안쪽 양가죽에 깨알 같은 글씨로 책의 문장을 옮겨 담았다.

"발자크는 그 애의 머리에 보이지 않는 손을 올려놓은 진짜 마법사야. 그 애는 전과는 완전히 달라진 모습으로 몽상에 잠긴 채 한참을 그러고 있다가 겨우 정신을 차렸지. 그러고는 네 점퍼를 자기가 입었어. 그 애는 살갗에 닿는 발자크의 말들이 행복과 지성을 갖다줄 거라고 말했어."

《발자크와 바느질하는 중국 소녀》 중에서

변방의 분리된 소녀, 바느질 소녀는 그때까지 책이나 이야기에 대해 알지 못했지만 발자크를 만난 즉시 반응하기 시작했다. '나의' 점퍼를 입어보던 소녀, '살갗에 닿는 발자크의 말들'을 이야기한 그녀로부터 촉각으로 읽는 세계에 내해 어렴풋이 생각했다.

점자 통합그림책을 훑어보면서 '앞을 보지 못하는 어린이라면 그림을 볼 수 없을 텐데 왜 그림책에 점자를 붙였을까? 보통 점자책은 엠보싱 같은 올록볼록한 종이를 묶어 만드는데 그렇게 하지 않은 이유가 무엇일까?' 궁금했다. 시각장애인이 아닌 도서관 이용객들에게 예시로 보여주려는 것일까?

느티나무도서관 박영숙 관장님의 《꿈꿀 권리》라는 책에서 그 의도를 알게 되었다. 박영숙 관장에 따르면 점자 통합그림책은 궁극적으로 시각장애 어린이를 위한 것이 아니었다. 그렇다면 누구? 과연 누구를 위한 책이지? 그것은 바로 시각장

애를 가진 부모를 위한 것이었다. 그들이 자녀에게 책을 읽어줄 수 있도록. 점자 통합그림책이라면 앞을 보지 못하는 부모라도 자녀를 품에 안고 문장을 읽어줄 수 있다. 그때 자녀는 그림을 따라가며 부모의 음성으로 책장을 넘길 것이다. 부모의 목소리를 통해 이야기를 듣는 것은 혼자 글자를 읽을 수 있을지라도 더없이 누려야 할 권리니까.

허겁지겁 시간에 밀려 잠자리에 들 때마다 내일 아침 몸의 저항 없이 일어날 수 있을까 걱정한다. 그러나 잠들기 전 책 읽는 시간은 두루 유익했다. 하루 동안의 잘못을 서로 용서하고 평안히 잠들기를 축복할 기회. 판타지와 지금의 현실, 졸리는 눈꺼풀이 이끌고 갈 꿈의 세계가 서로 얽혀 포근한 이불 속에 감겨들었다.

오늘 밤에는 단지 잠자리 의식으로서가 아니라 겸허하고 감사한 마음으로 그 특권의 시간을 나누게 되리라. 촉각으로 책을 읽어주는 부모의 사랑과 정성을 상상했다.

떠나야 하는 것을 잘 사랑하기

1.

잠에서 덜 깨어 칭얼거리는 아기를 유모차에 눕혀 밖으로 데리고 나왔다. 아침 햇볕이 적당히 따뜻했다. 나뭇길 아래로는 그늘이 길게 늘어져 있었다. 천천히 걸으면 아기가 다시 잠들거나 온전히 깨어나거나 둘 중 하나에 이를 것이다.

같은 길을 계속 왔다 갔다 반복하면서 한 손으로는 책을 펼쳐 들었고, 다른 한 손으로는 유모차를 밀었다. 오래 미뤄 두었던 소설을 읽고 있다. 줄거리를 파악하며 속독할 수는 없었지만 꾸준히 다음 장면, 다음 사건을 쫓아갈 수 있었다. 물론 장황하다면 덮을 수도 있는 자유. 문장을 하나의 그림처럼 통째로 삼킬 때가 있고, 한 단어 한 단어 놓치지 않을 때가 있는데 지금은 후자의 경우. 아기와도 책과도 씨름하지 않고 천천히 꾸준히.

작은 꽃밭에서 나비 한 마리가 팔랑팔랑 부지런히 날갯짓하고 있었다. 나비가 멀리 날아가기 전에 규호가 그 장면을 발견하기 바라며 나비를 쫓다 보니, 내가 먼저 그 춤사위에 집중하고 있었다. 규호에게 보여주고 싶은 아름다운 것에는 내가 먼저 반하는 것이 육아의 순서였다.

곧 규호도 나비의 움직임을 포착했다. 멀리 그리고 가까이 고개를 돌려 나비를 따라가는 규호의 시선. 건강하고 다부지게 느껴졌다. '규호야, 너를 장난감 모빌로 키우지 않았단다. 나비가 너의 모빌, 아름다움을 쫓기를⋯⋯.'

나는 책의 한 문장으로 돌아왔다가 다시 규호에게, 이번에는 나무 사이 바람에 가닿았다. '모두가 지금 이 시각, 이 공간 속에서 하나가 된 것을 알지?'

책과 나비, 규호와 바람이 함께 했던 시간은 책, 나비, 바람 혹은 아기 각자로서가 아니라 서로 서로 어우러져서 더욱 풍성한 추억이 된다는 것을 확인해 주었다.

오늘의 책은 《스토너》.

2.

베개 사이에 퐁당 빠져 잠이 든 아기 옆에 굳이 비집고 들어가 누웠다. 아기가 잠든 조각 시간은 빛이 나듯 소중해서 책을 읽을지, 노트북을 켤지, 또는 커피를 마실지 늘 콩닥이는 데 오늘은 30분 알람을 맞춰 놓고 낮잠을 자기로 했다.

베개보다 더 부드럽고 포근한 살결 곁에서 아기의 작은 손에 내 손을 가만히 포개었을 때 눈물이 흐르는 것을 알아챘다. 어느새 셋째 한호에게서도 찾을 수 없는 냄새와 온도. 이 따뜻함은 지금 이 아기에게서도 곧 스르르 빠져나가겠지. 기적처럼 선물처럼, 더 멋진 날 더 멋진 기회가 우리 앞에 펼쳐지기를 바라지만 동시에 지금 이 순간을 붙잡고 싶은 욕심. 그 충돌에 쿵쾅거렸다.

나의 보잘것없는 열정을 가만히 헤아려 본다. 스스로 자라는 아이, 자유롭게 자라는 아이. 뭔가 철학적인 육아법을 가진 듯하지만 실제로는 체력도 여유도 없어서 그저 제멋대로 놓아두는 것은 아닐까. 결국 치열한 경쟁 속에 던져질 아이들의 미래가 안쓰럽고 불안하다. 그래서 지금 내 품에서 지켜줄 수 있는 아기의 시간에 안도하고 평온함을 붙잡으려는 것은 아닌지.

'그대 이것을 알아차리면 그대의 사랑이 더욱 강해져 머지않아 떠나야 하는 것을 잘 사랑하리.'

《스토너》 중에서

아기가 자라서 젖내를 잃어버리고 더이상 다잡아 줄 수 없는 영역 밖으로 달려 나가더라도 불안해하지 않기를 다짐하던 순간, 아직은 품 안에 머무는 아기를 더 힘껏 껴안았다.

엄마는 쫌 이상한 사람

한 남자가 개미를 밟지 않기 위해 다리를 겅중 벌려서 길을 걷고 있었다. 책의 첫 문장은 그를 '쫌 이상한 사람'이라고 설명했다. '아주 작은 것에도 마음을 쓴다'고 덧붙히면서.

나는 어떤 '쫌 이상한' 모습을 갖고 있을까. 파란 하늘과 하얀 구름을 보면서 파란색과 하얀색으로 그려진 이 책을 떠올렸다. 자전거를 굴리며 생각을 함께 굴릴 때 '따르릉' 경적을 울리지 못하는 나. 특히 어르신들이 앞서가실 때는 두세 걸음 멀리서 조용히 뒤따르고 있는 나를 발견했다. 자전거를 탔지만, 보행자보다 더 느리게.

엘리베이터를 타면 닫힘 혹은 열림 버튼을 성급히 누르지 않고 자동으로 작동될 때까지 기다리는 것, 아파트 단지의 장터는 장사가 좀 되는지 기웃거리는 것, 떡볶이를 사러 가면서

밀폐용기와 에코백을 챙겨가 담아 오는 것, 서비스 만족 조사 문자가 오면 비정규직 노동자의 일상을 상상하며 '대만족'을 클릭하는 것.

장난감 같은 작은 씨앗에서 정말 오이가 열릴 것을 믿고 성실하게 돌보는 준호, 아기가 똥을 쌌는지 확인해 보겠다고 코를 킁킁대는 한호, 말도 잘 못 하던 동생을 기차놀이에 카드놀이에 끼워주고 책의 내용과 똑같이 개미를 발견했을 때는 경중 다리를 벌려 건넜던 승호.

'쫌'이라고 말할 때는 한쪽 눈을 찡그리게 되고 작은 쌀 한 톨을 집은 듯 엄지와 검지를 꼭 붙여 내보이게 되었다. 그럼 이 모습은 흡사 윙크하는 것 같고 하트 모양을 만드는 것처럼 보였다. '쫌' 이상한 사람들이 결코 이상한 사람들이 아니라 특별한 사람이 되는 형상이다.

"엄마, 왜 그렇게 해?"라고 아이들이 물을 때 설명하기가 어려웠다. 나의 행동이 선하고 아름답게만 포장되는 걸 주저했고, 상대가 있는 상황이라면 그를 무력한 수혜자로 규정하는 건 아닌지 염려했다. 어떻게 이야기할까 망설이고 있을 때 승호가 "엄마는 쫌 이상한 사람이라 그렇지"라고 했다. 준호는 금방 알아들었다.

생존 방식으로써 읽기와 쓰기

옅은 색연필로 문장들을 따라가기도 했고 문단 옆에 V자 표시를 하기도 했지만 대부분 자를 대고 반듯하게 줄을 그었다. 특별한 소감이 있을 때는 여백에 작은 메모를 남겼다. 책이 교과서나 문제집 같은 기능을 가진 것은 아니지만 특정 단어에 동그라미를 그리거나 화려하게 하이라이트 치는 것을 꺼리면서도 대신 간단한 표시를 했다. 가끔 책장을 펼치면 반듯한 밑줄도, 나의 메모도, 마치 책의 일부나 각주처럼 느껴졌다.

책을 해치우듯 빨리 읽어내고 기억이 점점 짧아지는 것을 실감하면서 어느덧 나의 책 읽는 모습이 꽤 다른 지점에 도착했음을 발견했다. 결혼 후 10여 년간 네 아이를 키우면서 생긴 버릇, 아니 생존 방식이랄까. 책상 앞에 가만 앉아 느리게 깊게 책을 읽을 수가 없다.

나의 책들은 싱크대 물기 마른 곳에 한 권, 안방 화장대 위에 한 권, 거실 피아노 위에 한 권, 그리고 놀이터에 들고 다니는 간식 가방 안주머니에 한 권. 늘 급하게 덮은 페이지가 아래로 책등을 훤히 보이며 누워 있다. 틈이 있을 때마다 그 자리에 서서 몇 줄, 오랫동안 냄비의 죽을 휘저으며 몇 줄, 화장실로 잠입해서 몇 줄, 그리고 놀이터 벤치에서 아기를 힐끔거리며 몇 줄…… 늘 자의가 아닌 외부의 침입으로 책을 덮는 시간이 결정되었고, 책을 읽는 중에는 자주 두근거렸다. 언제까지 읽는 게 가능할까 예측하기를 주저하면서.

도시의 삶, 반복되는 일상, 많은 의무, 그리고 고립감. 그 쳇바퀴에서 잠시 숨을 고르듯 책을 읽었다. 오로지 육아에 전념하면서 생활 반경이 한정되어 있고 어린 아기를 나의 취향 따라 끌고 다닐 수 없으므로, 나의 유일한 취미는 읽기로 채워졌다. 잠시 문장으로 시선을 고정했다가도 다른 어떤 것에 푹 빠졌을 때보다 서둘러 아기의 요청에 반응할 수 있었으니까. 다행히 유일하지만 충분했고 충만했다. 그렇게 책갈피에서 하루치의 용기를 찾던 일상은 책을 꼬리 물고, 책이 책을 말하는 이야기에 점점 다가갔다. 자주 고무되었고 때론 그 마음을 기록했다. 책 내용뿐 아니라 책을 읽을 때의 시간과 상황, 공간과 감정을 묘사하면서 나 대신 책이 주어인 일기를 쓴 모양새였다.

마치 포크와 나이프를 들듯 자와 펜을 양손에 잡고 천천히 책을 읽는 순간은 언제 도래할까. 돌연 아기가 낮잠에 빠져드는 빈 시간이 생길 때면 축축 늘어져 있던 두뇌와 팔, 다리에 난데없이 생기가 돌기 시작했다. 모처럼 책을 읽을 수 있는 조건 만족, 설렘 모드 ON. 후다닥 문장을 읽든지 후다닥 문장을 쓰든지. 때때로 후자를 선택하는 경우, 빨래를 개다가 아기 등을 쓸어주다가 갑자기 노트북을 열면 문장들이 우수수 쏟아질 리는 없었지만, 아기 엄마에게는 늘 최선의 시간이었다. 책을 읽을 때처럼 글을 쓸 때 역시 허락된 시간의 총량을 알지 못해 쫓기는 심정이라도, 그것이 어느새 육아일기에 스며든 특별한 문체가 되었다.

사랑하는 순간들이 기적처럼 하얀 종이 위에 내려앉던 시간의 조각들. 그 조각들이 꿰어져 훗날 '초고'라는 이름을 달게 되리라고 그땐 미처 몰랐다.

넷.

연약함에 머무르는 용기

연약함에 머무르는 용기

자리를 옮기거나 수유를 하기 위해 아기를 들어 올릴 때마다 신생아의 연약히고 가벼운 몸을 새삼 실감한다. 목과 무릎 뒤에 손을 넣어 안아 올리는데, 그동안 아기는 아무 힘도 쓰지 못하고 오롯이 나의 두 팔에 의지해 있다. 실수로 약간 휘어지게 내려놓아도 바르게 고쳐 눕지 못하고 그대로인 채. 밤중에 발버둥을 치며 간신히 이불을 걷어차 버리면 기온이 내려가도 다시 그것을 끌어 덮지 못하고 그대로 아침을 맞는 아기를 발견한다. 나는 차가운 발을 만지고는 가엾다고 느낀다.

연약함, 아기에게는 부드러운 피부와 천사 같은 미소, 들숨과 날숨이 오르락내리락하는 둥근 배의 운동이 있지만 나는 아기의 가장 근원적인 매력이 연약함이라고 생각한다. 엄마를 피곤하게 하고 그 스스로 역시 고달프지만 연약함 때문에 아기는 더욱 사랑받고 존중히 여김을 받는다. 강해져야 하고 멋있어져야 하는 시대에 역설적이게도 존재하는 그대로, 연약한 그대로 포장 없는 아기.

아기의 아이러니에서 새로운 시야를 배운다. 작고 연약한 것들 속에 깃든 사랑과 아름다움에 머무르는 용기를.

30호 가수의 탄생

유독 주위에 아들 셋 가정이 많았다. 첫째, 둘째 그리고 셋째 역시 아들이었을 때 '니도 영락없구나' 피식 웃으며 쉽게 수긍할 수 있었던 이유도 이런 환경에서 기인했을 것이다. 그러나 태중의 넷째 역시 아들인 것을 알았을 때는 어리둥절한 심정이었다. 롤모델을 찾고 싶었다.

그리고 곧장 떠오른 《아이에게 배우는 아빠》의 저자 이재철 목사님. 나는 문득 교계에서 사랑과 존경을 받는 목사님과 같은 운명, 즉 4형제의 부모가 되었다는 생각에 순간 흔들리고 혼란스러웠던 감정을 잊고 엉뚱한 자랑스러움을 느끼기도 했다.

이재철 목사님께 이메일을 드렸다. '넷째 아기를 낳게 되는 부담감, 모두 아들이라고 했을 때 마주하는 주위의 탄식' 등

무거운 마음을 솔직하게 고백하고 목사님은 어떠셨는지 여쭈었다. 사실 직접적인 통로를 알 수 없어 부목사님을 통해 이메일을 보냈고, 여러 가지 사역으로 바쁘신 것을 익히 상상할 수 있었기 때문에 답변을 기대하지는 않았다. 그런데 바로 다음 날 예기치 않은 전화를 받게 되었다.

이재철 목사님은 "안녕하세요? 이메일 잘 받았습니다. 이제 아들 넷의 엄마시군요"라는 인사로 말씀을 시작하셨다. 그리고 자녀들과 함께 누리는 행복, 또 양육의 방향 등에 대해 자료와 사례를 덧붙이며 이야기를 들려주셨다. 직접적인 관계도 없고 얼굴도 모르는 임산부를 위해 소중한 시간을 선뜻 내어주신 진실한 마음, 나는 급히 메모지를 찾아 말씀을 받아 적으며 위로와 용기를 얻었다.

오디션 프로그램 〈싱어게인〉의 우승자 30호 이승윤 씨가 이재철 목사님의 셋째 아들인 것을 알게 되었다. 나는 객관적인 기준과 상관없이 무조건적인 응원의 마음으로 그의 무대를 지켜보기 시작했다. 그러나 음악의 문외한인 나로서는 다른 가수들과의 차이를 발견하기까지 몇 번 고개를 갸우뚱할 수밖에 없었다. 탁월한 것은 사실이지만 다른 가수들 역시 가창력과 곡 해석, 무대 매너 등이 전혀 부족하지 않았는데 유독 30호 가수가 극찬을 받는 이유가 무엇인지 의아했다. 나는 30호의 무대를 볼 때마다 낯선 자유를 느꼈다. 저게 뭘까 눈을 더 크게 뜨고, 왜 저러는 거지 궁금해 하기도 했다. 그것이 마법이었을까. 그런 모든 총체적 서사가 노래 만큼이나 태도, 멘트, 마음가짐 등 무대 밖의 모습과 어우러져 시청자를 사로잡는 것 같았다.

슈퍼스타에 빗대는 것이 조심스럽지만 나는 이승윤 씨의 무대를 볼 때마다 자연스레 둘째 준호를 떠올렸다. 물론 집 밖을 나서면 숫기가 없어 다소곳해지기도 하지만, 대체로 솔직하고 웃어젖히고 거침없고 다정한 준호. 걸걸한 목소리를 갖고서도 핏대를 세우며 노래를 부르고 몸을 비틀어 대는 준호가 신기하지 않을 수 없었다. 그렇게 혼신의 힘을 쏟다가도 막내 동생이 바지춤을 잡고 끙끙대는 모습을 발견하면 곧장 뛰어가 아기가 오줌을 눌 수 있게 욕실로 데려갔다. 보드게임을 할 때는 손에 쥔 카드를 자신만 볼 수 있도록 잘 숨겨야 하는데, 아이스크림을 먹겠다고 카드들을 책상 위에 척하니 펼쳐 놓는다. 다리 한쪽은 의자 옆에 거만하게 올려놓고서. 그렇게 건들건들 전혀 승부에 개의치 않는 게임을 하다가도 신기하게 일등을 하는 준호. 나도 준호처럼 카드를 책상 위에 다 까발려 펼쳐 볼까 마음 먹어 보았지만, 막상 카드를 손에 쥐게 되면 더 꼭 숨기게 될 뿐이었다.

30호의 무대에는 어린아이 같은 '(승부에) 개의치 않음, (경쟁과) 다른 세계관, (타인의 시선이 아닌) 내가 나를 보는 방식, (의식하지 않고) 즐기는 자유'가 가득 차 있다. 어른이 어린 아이의 그것을 흉내 내면 간혹 유치하다고 평가받을 수도 있지만, 그는 정말 존재 자체로 그 감정과 기분, 우리들이 이미 잃어버렸을지도 모르는 유년의 보석을 갖고 있었다. 유희열 심사위원장은 '누군가의 노래를 좋아한다는 것은 결국 그 가수, 그 사람을 좋아하는 것'이라고 했는데 아마 많은 시청자가 같은 마음이었으리라.

방구석에서 10년, 무명가수로서 10년. 이승윤 씨가 지내 온 작은 방을 보면서 그의 고생을 상상하는 동시에 이재철 목사님의 인내에 대해서도 생각했다. 추측하기로, 이재철 목사님의 배경이라면 아들 삶에 충분히 간섭하고 지원할 수 있었을 것이다. 그러나 전화 통화 때 말씀 하신 것처럼 이승윤을 '독립하는 아이'로 키우셨다.

존재의 역전이랄까. 한때 이승윤 씨는 이재철 목사님의 아들로 불렸겠지만 이제 이재철 목사님이 이승윤 씨의 아빠로 불리게 되었다. 사실 두 분께는 이런 명성도 무의미하리라. 나는 그저 조용하고 묵묵한 아빠의 응시에 대해 오랫동안 생각했다.

10년 육아의 길

사형제의 부모가 된다는 사실을 확인한 이후에는 자녀가 넷인 가정의 모습에 주목하게 되었다. 그들은 어떻게 평범한 삶을 지켜나가는지, 때때로 뾰족한 시선을 차단하는 지혜로운 대답은 어떻게 준비하는지 예습이라도 필요한 것처럼. 사회관계망을 통해 나와 같은 주수로 넷째를 임신 중인 가정, 또 성별이 모두 남자인 사형제 가정을 발견했다. 가까운 곳에 육아에 도움을 줄 수 있는 일가친척이 있는 것도 아니고, 스스로 자녀 양육에 지혜가 있는 것도 아니지만, 넷째를 임신한 것이 무책임하거나 무계획한 일이 아니라고 증명해주는 듯한 모습을 보면서 그들의 존재 자체가 의미와 용기로 다가왔다.

어느덧 임신과 출산은 과거가 되었다. 넷째도 무럭무럭 자라서 30개월을 지났다. 첫째가 14개월, 둘째가 20개월, 셋째가 30개월일 때 다음 아기를 임신했었기 때문에 그 개월 수를 지나는 아기를 볼 때면 자연스레 입덧을 시작하던 시기가 떠오른다. '이렇게 작은 아기를 형으로 만들었구나, 입덧으로 고생하면서 함께 힘든 시간을 이겨나갔구나.' 일상에서 임산부를 만나기는 쉽지 않지만, 신기하게도 내가 임신한 순간부터는 임신한 여자만 보이기 시작했다.

이제는 '다섯'이라는 숫자가 쉽게 발견된다. 아름다운 그림책《민들레는 민들레》의 그린이 소개말에는 '집에 있는 다섯 꼬마들에게'라는 문구가 있다. 그 글을 읽을 때 왠지 '졌다'는 느낌으로 '허허' 웃었다. 넷째를 임신했을 때 만났던 사형제 가정은 지금 입양을 준비 중이고, 나와 비슷한 시기에 넷째를 낳았던 가정은 다섯째를 임신했다. 왜 다섯이라는 글자가 자꾸 내게 보이는 것일까. 보이는 것은 무엇을 의미할까.

출생의 선택권이 없는 자녀를 고통과 죄악의 세상에 내놓는 것이 부모의 욕심 같다는 사회적 인식. 그것이 보편적이고 일견 윤리적이기도 한 것 같지만 정반대의 결단들 역시 도처에 있었다. 농경시대처럼 노동자 수를 늘리기 위해 아기를 제한 없이 낳는 것도 아니고, 종교적 율법에 따라 피임을 하지 않는 것도 아닌, 오로지 생명의 기쁨과 환희를 나누기 위한 가정의 모습들.

지난 10여 년이 좁은 반경 안에서 마냥 흘러간 시간 같아 못내 속상하고 부끄러웠다. 그러나 용감하게 그저 자연스럽게 '다섯'의 생명을 품는 가정들을 보면서, 내가 거쳐 온 길의 의미를 곰곰이 되짚었다. 짐이 아니라 더 많은 기회를 얻었던 시간, 생명의 신비와 경이를 매번 배웠던 과정. 일방적이지 않았던 관계와 함께 자라던 날들을 떠올렸다.

용서받는 존재

그물을 타고 기어 올라가는 놀이기구 중간에서 여섯 살가량의 남자아이가 애타게 엄마를 찾고 있었다. 어느 순간 발 아래를 내려다보고 겁을 먹은 모양이었다. 얼른 달려가려 했지만 나는 정반대 쪽이었다. 가로지르려면 그물 구멍 하나 하나를 통과해야 했고, 빙 둘러 간다면 어느 방향으로 뛰는 것이 빠를까 순간 좌우를 비교했다. 결국 치마 입은 것도 잊고 어기적 다리를 벌리며 달려가는데 다행히 먼저 도착한 다른 아주머니가 아이를 안아 내렸다. 땅으로 내려온 아이는 엉엉 울며 한길로 내달렸다. 정확한 목표지점을 향해서.

저렇게 눈물 범벅인 상태로 달리다가 행여 넘어지지는 않을까. 나도 모르게 아이 뒤를 따랐다. 아이가 이렇게 울고 있는데도 나타나 않은 엄마는 도대체 누구인지 궁금한 심보와 '아이가 매달려서 한참 울며 엄마를 불렀다'고 정황을 세세히 말해서 뜨끔해지도록 해야겠다는 심술도 차올랐는지 모르겠다. 그러다 혹시 나처럼 어린 아기가 있어 기저귀를 갈아주러 갔을 수도 있고, 아니면 큰 아이가 킥보드를 타다 부딪쳐서 무릎에 피가 흘렀을 수도 있겠지. 엄마의 급한 사정을 상상할 땐 마음으로 용서하기도 했다.

마침내 아이는 지인과 커피를 마시던 엄마 품에 안겼다. 여전히 엉엉 울고 있었지만, 뒷모습에서 아이가 안도했음을 충분히 알 수 있었다. 용서와 질책을 저울질하던 나의 고민이 얼마나 가당치 않았던 것인지 새삼 깨달았다.

제때 나타나지 않았지만, 지금 아이를 안심시킬 수 있는 유일한 존재는 역설적이게도 오직 그 엄마뿐이었기에.

아이들은 항상 엄마를 용서한다. 일관성 없이 혼내고 기분에 따라 태도가 달라지는 엄마를, 집안을 돌보고 자식을 챙겨야 하는 역할을 때때로 얼렁뚱땅 넘기는 엄마를. 꼭 안아주는 품 그 하나에 모든 과오를 덮어주고 엄마 마음의 죄책감까지 커다란 지우개로 쓱쓱 지워버린다.

매일 매일 용서받는 나. 오늘은 나도 우리 아이들에게 좀 더 너그럽기를, 아이처럼 즉시 용서할 수 있기를 바란다.

가볍고 경쾌한 어른들의 말

"아, 귀여워. 귀여워요."

규호 주위를 맴돌다가 어느새 거리를 좁힌 여자아이는 직접 그네를 밀어주고, 일부러 집에 가서 과자를 갖고 다시 나와 규호에게 나눠 주었다. 체구가 크고 아기에 대한 배경지식도 있어서 중학생이겠거니 생각했는데 4학년이라고 했다. "어쩜 이렇게 아기를 잘 돌보니? 학교 공부는 어렵지 않니?" 이야기를 나누다 보니 금세 허물이 없어졌다. 다정한 아이였다.

그런데 난데없는 파문처럼, 다른 친구들 사이에 섞여 있을 때는 거친 말들이 툭툭 튀어나왔다. 6학년 오빠를 잡겠다고 맹추격할 때도 놀이 이상의 과격함이 엿보였는데 급기야 3학년 남자아이에게 욕설하는 것을 바로 옆에서 듣게 되었다. 3학년 아이는 오늘뿐 아니라 태권도장에서 만날 때마다 시비를 건다며, 곧 울 것 같은 표정이었다.

먼저 3학년 아이를 다독여 돌려보냈다. 여자아이는 여전히 불만이 있다는 듯 과장되게 씩씩거렸다. 앞머리가 땀에 흠뻑 젖었고 무엇보다 불안해했다. 지금까지 자기를 칭찬해 주던 아주머니가 어떤 비난을 할지 두려웠던 걸까.

체구도 크고 나이도 많은 누나가 동생을 붙잡고 욕을 했으니 혼을 내도 마땅하겠다. 그러나 나는 아이의 젖은 머리칼을 넘겨주며 말했다. "네가 이런 욕을 했다는 것이 의외"라고. 아기를 잘 돌봐 주던 모습 한 가지 한 가지를 상세하게 읊으면서 3학년 동생에게 한 행동은 "너답지 않다"라고 했다. 아이는 크게 고개를 끄덕였다. 마치 모든 게 맞다는 듯이.

3학년 남자아이의 말이 사실이라면, 항상 태권도장에서 시비를 걸고 욕을 했다면, 관장님께 다 이를 것이라는 경고를 실제로 행했다면, 여자아이는 자주 혼나고 비난받았을 것이다. 욕을 하고 주먹을 치켜든 행동이 정당화될 수는 없지만 모든 과거를 알지 못하는 지금, 이 순간의 나로서는 그 어린이의 불안과 의심을 덜어주어야겠다고 생각했다. 거창하게는 나의 이야기가 어느 책에나 등장할 만한 '따뜻한 말 한마디'가 되기를 바랐다. 어린이의 마음을 다독이고 행동을 바꿀 수 있는 사랑의 말.

어느덧 첫째 승호가 10대에 접어들었다. 승호 귀에 들리는 나의 말이 쉬이 잔소리로 전락하고 마는 시절에 이른 것이다. 영유아기에는 엄마와 함께 하는 사소한 경험과 일상적인 이야기가 삶의 전부이지만, 10대에게는 엄마의 말을 최소화하는 것이 아름다운 관계를 유지하는 방안이 된다. 그렇다고 10대 소년들의 삶에 어른의 메시지가 전혀 무용하거나 불필요한 것은 아니리라. 엄마로서는 불가능할지라도 그 누군가는 꼭 방향을 제시하는 이야기, 어둠에서 건져내는 이야기, 짐을 덜어주는 이야기를 던져야 할 것이다.

　나는 여전히 목적의식이 투철한 엄마여서 놀이터에서 만난 어린이에게 힘 빼고 무덤덤하게 말하는 것조차 의식적으로 노력해야 했지만…… 승호를 비롯한 많은 10대에게 단단한 어른들의 가볍고 경쾌한 말들이 자주 가닿기를 기도했다.

어린이날의 슬픔

2020년 5월 5일. 어린이날이었지만 여느 때와 다르지 않았다. 코로나 시대의 생존 방식처럼 그저 자전거를 타고 가까운 공원에라도 갈 수 있다면 그것만으로 충분하다고 생각했다. 먼저 가족들을 내보내고 혹시 놓친 것은 없는지 집 안을 휘 둘러본 다음 뒤따라 나선 길. 산책로 입구에서 다문화가정의 남매 혜진이와 재진이(가명)를 만났다. 승호, 준호와 같은 또래인데 난데없는 코로나 시대로 접어들면서 지난 겨울 방학 이후 그 어디서도 마주치지 못했으니 정말 오랜만이었다.

"잘 지냈어? 어디 가니? 엄마는 베트남 갔다 오셨어? 베트남 외할버지는 어떠셔?"

나는 질문을 쏟아버렸고 그에 대한 대답뿐 아니라 새로운 소식도 듣게 되었다. 아빠가 암 투병으로 일을 그만두셨고, 입원과 퇴원, 외래 진료를 반복하고 계신다는 이야기를. 지금은 엄마가 집에만 있지 말고 운동 좀 하라고 해서 나왔다는데, 운동은커녕 남매의 걸음은 쓸쓸하기 그지없었다.

"오늘 어린이날인데 어디 안 가니?"라고 질문을 덧붙이지 않은 게 다행이었다고 주억거렸다. "그렇구나. 그래도 아빠가 퇴원하셨다니까 좋아지실 거야. 이곳에는 사람들 많이 없으니까 집에만 있지 말고 종종 놀러 나와" 나는 적절한 위로의 말을 찾지 못한 미진함을 감추며 급하게 손 인사를 했다. 남매와 헤어진 후, 가족들을 찾아가며 설레던 마음은 급격하게 굳어졌다. 공원에서 즐겁게 지내는 동안에도, 승호 준호가 자전거를 타고 한호가 인라인스케이트에 발을 구겨 넣고 규호마저 킥보드로 제법 달릴 때도, 남매의 느리고 무거운 발걸음이 겹쳐졌다.

다음 날 혜진이에게 문자를 보냈더니 게임 중이라고 했다. "잠시 만날 수 있니?", "네" 혜진이는 곧 대답했다. 혜진이와 재진이에게 자전거 대리점 위치를 알려 주었다. 어제 아픈 마음 끝에 내린 결론은 자전거를 선물하자는 것. 자전거를 미리 구입해서 선물할까도 생각했지만 크기도 맞아야 하고 안정감도 있어야 해서 직접 고르는 편이 나을 것 같았다.

혜진이는 성장발달이 좋고 생일도 빠른 편이라 키가 큰 축에 속했는데 대리점 사장님께서 "5학년인데 이렇게 키가 크니? 어른이 돼도 탈 수 있는 것으로 해도 되겠다" 하시며 몇 종류를 추천하실 때는, 내가 마치 혜진이의 큰 키에 기여라도 한 듯 괜히 으쓱했다.

혜진이와 재진이는 기우뚱 자전거를 끌고 대리점을 나섰지만, 불과 며칠 뒤 마을을 쌩쌩 비집고 달린다는 소식을 듣게 되었다. "엄마, 재진이 새 자전거 샀나 봐, 나도 새 자전거 사 줘" 형 것 물려받기 싫다고 부쩍 투정이 늘어난 준호를 통해서. 준호에게는 계속 '다음에'라고 미루고 있는데……. 언젠가 준호에게 이 이야기를 해줄 수 있을까.

아픈 아빠와 일하는 엄마의 피로 속에 종일 머물러야 했을 남매의 지난 시간을 상상했다. 부디 자전거를 타면서 바람 좀 쐴 수 있기를. 혜진이와 재진이를 생각하며 '공부 열심히 해라, 부모님 말씀 잘 들어라' 하는 말보다 '좀 뛰어 놀고 숨 좀 쉬어'라고 말하고 싶었다.

다시 코로나 상황에 맞춰 칩거 생활로 되돌아섰다. 7월 여름에 접어들고서야 다시 혜진이를 만났다. 혼란스러웠던 1학기를 잘 마무리한 것이 기특하기만 했다. 아니, 이럴 것이 아니라 1학기 종강 기념을 하자고 날짜를 정해서 집으로 초대했다.

그러나 같이 영화를 보고 피자를 먹던 날, 그들 온라인 수업에 큰 허점이 있었다는 것을 알게 되었다. 특히 영어의 경우 디지털교과서를 다운로드할 줄 몰라서 전혀 공부를 못했다고 했다. 종이 교과서에는 단원에 따른 삽화만 그려져 있고, 온라인 디지털교과서에 접속해서 동영상을 시청해야만 대화 내용을 확인할 수 있는데, 온라인 접속 없이 그저 멀뚱히 교과서의 빈 곳들만 유영했다니. 결국 놀이를 목적으로 만난 날이었지만 곧 과외 계획을 세웠고, 여름 방학 내내 놓쳐버린 1학기 학습 내용을 따라가기 위해 열심히 공부했다. 다행히 혜진이가 예전 공부했던 영어 단어들을 곧잘 기억하고 있어서 대략 소화할 수 있었다.

국제구호단체 홍보실에서 일할 때, 늘 스토리 수집에 민감하게 촉수를 곤두세웠다. 곰팡이가 가득한 집과 낡은 세간살이, 아픈 자식의 이야기를 적나라하고 가슴 찢어지게 묘사하며 후원금을 모았다. 여기에 아름답고 희망적인 메시지가 더해진다면 훨씬 좋은 결과로 이어졌다. 병든 부모를 수발하면서도 전교 1등을 놓치지 않거나, 공장에서 일하면서도 밝고 구김살 없이 살아가는 모습 같은 것. 때때로 나는 세상의 기대와 바람이 가혹하다고 생각하면서도, 결국 홍보실 직원으로서 그런 입맛에 맞는 사연을 찾으려고 애썼다. 불우하고 열등한 환경에서라면 일상적 삶을 살아내는 것만으로도 위대한 일인데 평균을 넘어선 우월한 특기와 삶의 의지가 가득한 이야기를.

혜진이의 형편을 헤아리며 혜진이가 그저 평범한 일상이라도 영위해 갈 수 있기를 바랐다. 코리안 드림을 꿈꾸었는지 모르겠지만 베트남에서 온 엄마는 낯선 나라에서도 생계를 책임져야 했고, 아빠는 병원 진료를 받으며 누워 있는 상황. 컴퓨터도 없이 작은 휴대폰 화면에 의지해 공부하는 남매에게 온라인 상의 문제를 해결해 가며 공부하는 적극성과 탁월함을 기대하는 것은 가혹한 희망이다. 오히려 이런 상황에서는 디지털교과서를 다운로드하지 못했을 수도 있다는 선한 의심, 정보를 제대로 인지하지 못해 노트북을 받지 못했을 수도 있다는 친절한 간섭이 필요했다. 늦게나마 도울 수 있었지만 다음에는 제때 보살필 수 있기를.

영원하고 안전한 길

승호가 두 돌 즈음 여전히 서툰 엄마였을 때, 어린 자녀에게도 꼭 사기그릇에 밥을 담아 준다는 어느 분의 인터뷰를 읽었다. 늘 앞치마를 두르고 부엌에는 물기 한 점, 얼룩 한 점 없도록 행주질을 하고 정갈한 요리 솜씨를 갖춘 엄마였다. 나는 어린 자녀를 '사기그릇'으로 깊이 존중하는 그녀의 자세에 도전을 받아, 곧 어린이용 사기그릇을 싱크대 꼭대기에서 꺼냈다. 마침 형님이 물려주신 그릇이 있었다. 밥그릇에는 온기를 유지하도록 덮을 수 있는 뚜껑까지 따로 있어 옛날 할아버지의 식기처럼 격조 있게 느껴지는 밥그릇 국그릇 세트였다.

밥그릇에 하얀 밥을 국그릇에 소고기뭇국을 조금 담아내던 날, 나는 승호 옆에 앉아 밥 먹는 것을 도와주고 짐짓 대장금 같은 엄마가 된 듯 다소곳함을 흉내냈다. 그러나 곧 승호의 동생, 백일된 아기가 울기 시작했고 나는 "승호야, 조심히 먹어. 조심히" 걱정스러운 마음을 삼키며 아기에게 달려갔다. 그 후 사기그릇에 밥 먹기를 며칠 더 시도했지만, 밥 먹는 시간은 점점 그릇이 깨질까 봐 조마조마 하는 시간이 되었고, 나는 부주의한 승호를 혼내거나 그러고 마는 나 자신을 경멸하게 되었다. 얼마간의 시도 끝에 사기그릇은 다시 싱크대 꼭대기로 올라갔다.

나는 성공하지 못했지만 이렇듯 정성스레 자녀를 키우는 사례가 많았다. 미디어 노출을 조절하고 늘 옷을 다려 입히고 재능을 이끌어 주기 위해 좋은 클래스를 찾아다니며 세심한 배려를 쏟는 엄마들. 어린 자녀에게도 우아한 높임말을 쓰고, 집에서도 롱 원피스를 입고 있을 것만 같은. 당시 나는 이유식이나 끓이면 되던 시기였지만 우아한 엄마와 반듯한 아이의 아름다운 관계, 그런 미래를 상상하곤 했다.

그러나 다른 엄마들의 행복한 성공담을 통해 때때로 환상 같은 희망을 그리다가도 동시에 자주 실패하는 나를 질책하게 되었다. 임신, 출산, 수유의 시간들이 나를 옭아매기도 했지만 자유롭고 분방하고 연령이 다른 아이들을 묶어내는 지혜와 성실이 부족한 것만 같았다. 그렇게 가련하게 낙제 점수를 들고 벽으로 내몰리는 기분에 젖어 있었을 때, 놀랍게도 그 벽은 스르르 통과할 수 있는 문처럼 밀렸고 나는 그 건너편에서 전혀 다른 삶을 만나게 되었다.

아들 셋을 키운 박혜란 선생님은 육아를 그저 쉬이, 쉬엄쉬엄 했다. 청소도 하지 않고 공부도 시키지 않고. 손님이 오면 발 디딜 틈도 없어 "거기 장난감들 옆으로 좀 치우고 앉아요" 라고 하기까지. 20대 후반과 30대 초반에 세 아들을 낳고 40세부터 새로운 공부를 시작했으니 자녀들에게 신경 쓸 여유도 없었겠지만 천성이 그러신 듯 했다.

어느 날 큰 아이가 "엄마, 엄마. 친구 집에 갔는데요, 친구 엄마가 사과를 예쁘게 깎아서 접시에 담고 또 그 밑에 뭔가를 받쳐서 갖다주셨어요. 포크도 있고요"라고 말했다. 큰 아이는 쟁반까지 받쳐 과일을 대접한 친구 엄마의 정성에 커다란 문화 충격을 받았고 제 엄마도 그랬으면 좋겠다는 뜻을 내비친 것이었다. 평소 박혜란 선생님은 사과를 깍아주는 것은 고사하고 "네가 찾아서 먹어라" 하는 스타일이었으므로.

아들의 호들갑에도 박혜란 선생님은 '내가 부족한 엄마인가, 정성이 없는 엄마인가' 자책하기는커녕 오히려 "친구 엄마와 나를 비교하지 마라. 내가 너를 다른 사람들과 비교하지 않는 것처럼!"이라고 했다.

사실 박혜란 선생님의 방목 같은 교육 철학이 추앙받는 것은 그의 아들 셋 모두가 엄마의 무관심 속에서도 오직 스스로 노력해서 서울대에 진학했고, 둘째 아들은 유명 가수 이적이며, 지금도 세 아들과 손주들이 주말마다 선생님 댁에 모이는 '아름다운' 가족의 모습을 보여주기 때문이다. 하지만 꼭 이런 결과가 아니더라도 '엄마의 대범한 모습'에서 나는 크게 위안을 얻고 안도했다.

여전히 여러 스타일 사이에서 자주 흔들리고 자주 실패한다. 의욕이 솟을 때면 엄마표 미술, 엄마표 글쓰기를 시도하다가도 잠이 부족하거나 마음이 우울한 날엔 '나는 박혜란 선생님 스타일이야'라고 자족한다.

그러다 보면 결국 자녀는 자신의 길을 가게 된다는 명제에 의지하게 된다. 아이러니한 것은 그것이 영원하고 안전한 길, 어쩌면 유일한 길이라는 사실이다. 나는 다만 그 길에서 역시 갈팡질팡하고 흔들릴 아이들에게 응원과 사랑을 줄 수 있는 존재이길 바랄 뿐이다. 나의 실패를 기억하길 바랄 뿐이다.

번역이 불가능한 마음

연변과학기술대학에 교환학생으로 갔을 때 '류태영 교수법'으로 중국어를 배웠다. 류태영 박사는 네덜란드에서 당장 스스로가 사용하고 싶은 문장을 하루에 열 개씩 암기함으로써 단시간에 네덜란드어를, 같은 방식으로 이스라엘어를 숙달했다.

과연 그 교수법이 학생들의 언어 학습에 효과적일까. 연변과기대는 중국어를 전혀 모르던 우리를 실험 대상자로 지정했다. 이 방법의 핵심은 '내가 말하고 싶은 문장을 내가 정해서 배우는 것'. 평소에 쓰지 않는 대화들, 가령 '낚시터에서, 박물관에서'와 같은 대화를 배제하고 지금 당장 쓸 말을 배움으로써 학습 효과를 높인다는 점이었다.

오전에 조선족 할아버지 선생님께 배우고 싶은 문장을 말씀드리면 개인 녹음기에 중국어를 녹음해 주셨고 우리는 온종일 그것을 들으며 암기했다. 그러면 문장의 주어가 무엇인지, 동사가 무엇인지, 의문문은 어떻게 구성되는지 전혀 알지 못했지만, 신기하게도 어느 순간 조금씩 파악이 됐다.

사실 연변과기대와 연변 지역은 중국어를 하지 못해도 생활하는 데 전혀 불편함이 없는 곳이었다. 그 안락함 때문에 나는 점점 게을러지기도 했지만, 학기를 마치고 혼자 중국 여행을 할 수 있었던 걸 보면 효과가 나쁘지는 않았던 것 같다.

한국인 교환학생들이 배우고 싶어 하는 문장은 제각각이었다. 어느 친구는 "너 립스틱 색깔 예쁘다. 눈썹은 어떻게 그렸니? 혹시 겨드랑이털 깎는 것 있니?" 같은 문장을 배웠다. 성조를 살려 간드러지게 문장을 연습하던 친구는 할아버지 선생님을 때론 부끄럽게, 때론 행복하게 했다.

세계 선교에 관심이 많던 한 친구는 "우린 녹아져야 해, 땅 밟기 기도를 하자"와 같은 문장을 중국어로 말하고 싶어 했다. 그러나 할아버지 선생님은 도통 '무슨 말을 하고 싶은 것인지, 초가 녹는다는 것인지 소금이 녹는다는 것인지, 땅을 밟는 것은 또 무슨 뜻인지?' 이해할 수 없어 고개를 저었다. 정확한 단어를 고르기 위해 친구와 한참을 토론하고도 결국 포기를 선언하시던 선생님의 너털웃음. 나는 주로 "거기까지 얼마나 걸려요? 기차표는 얼마에요? 몇 시에 출발해요?" 같은 문장을 배웠다.

오늘 지금 내가 하고 싶은 말은 실험적인 중국어 교실의 학생들처럼 지극히 사적인 것.

"넌 누구니? 어느 별에서 왔니? 하늘나라 천사니?"

나는 동그랗고 영롱한 눈웃음을 짓는 다섯 살 한호에게 우주에서 따 온 듯한 문장을 전한다. 나의 마음을 전하기 위해 열심히 고르고 고른 단어들. 그러나 한호는 "엄마가 대체 뭐라는 거지?" 할아버지 선생님처럼 이해하지 못하겠다고 황당한 표정이다.

번역이 불가능한 마음, 지상의 언어로는 담지 못하는 마음. 내가 한호에게 해주고 싶은 말들이 그러하다. 언제 한호는 이런 나의 마음을 번역된 언어로 이해할 수 있을까?

말하고 싶은 것과 숨기고 싶은 것

발도르프 교육은 어린이의 미디어 접촉을 세심하게 통제한다. 특히 뉴스에 민감하다. 세상의 다양한 상황과 이슈를 접하는 좋은 도구가 될 수 있지만, 어린이들은 그보다 먼저 뉴스를 통해 일종의 '불안과 무기력함'만을 경험하게 되기 때문이다. 전쟁으로 집과 학교가 파괴된 현장이나 끔찍하게 무너져 내리는 남극의 빙하 같은 것을 접했을 때, 무언가 해결책을 제시할 능력도 사태를 파악할 지식도 부족한 어린이들의 경우 공포와 불안감 외에 다른 감정이나 돌파구를 찾지 못할 것이라고.

나는 "미세먼지가 많아서 나가 놀 수 없어"라고 말하는 것이 무척 고통스러웠다. 객관적으로 미세먼지가 많다는 것을 설명하는 것만도 안타까운데, 아이가 계속 놀고 싶어할 경우 "너 미세먼지가 많은데 나가 놀 거야? 그러고 싶어?"라는 질책으로 이어질까 괴로웠다.

꼭 발도르프가 아니라 상식적으로도 두려움에 기반한 교육 혹은 구조적 문제를 바탕으로 하는 교육은 하지 말아야 하는데, 그럼에도 이웃의 이슈에 대해서는 가끔 혼란스러웠다. 언제까지 계속 쉬쉬해야 할까. 가난과 기근으로 고통받는 지구촌 이웃에 대해서. 한 부모 가정, 조손가정 어린이들의 어려움에 대해서.

특히 성탄절이나 어린이날을 앞두고 받고 싶은 선물을 줄줄이 열거하거나, 때론 나 스스로도 자녀들이 원하는 것보다 더 좋은 것을 주고 싶을 때, 내면의 불안한 발자국은 갈 길을 못 찾은 듯 복잡했다.

때로는 정제되지 못한 감정을 섞어 "지금도 굶어 죽어가는 사람이 얼마나 많은 줄 알아? 이미 넌 너무 많은 걸 가졌잖아"라고 몰아붙였다. 교육적 효과는커녕 아이의 작은 마음에 어떤 부채감만을 심어 주고 말 것들을.

그러나 전 세계가 연결되어 있고, 우리 모두 타인의 고통에서 결코 자유로울 수 없다는 것을 생각할 때, 나는 비록 적당한 기회와 방법에서 자주 실패하지만 '가까운 곳에서 또 먼 곳에서 고통받고 있는 이웃'을 어린이들에게 알려 주는 것이 필요하다고 생각한다.

그러면서도 같은 선상에서 여전히 숨기고 싶은 것들이 있다. 미세먼지 수치, 총기 사건이나 정치계의 속임수, 그리고 지금 코로나 바이러스가 불러온 공포 같은 것들. 언제까지 아이들의 순수한 마음을 지켜줄 수 있을까.

마스크를 씌울 때마다 이미 다 들키고 마는 무력함. 너희들이 마주할 세상이 이런 곳이라고 매일 말하는 것만 같다.

우리들이 극복하는 순간들

어린이도서관 한켠 작은방에 앉았다. 크기가 다른 그림책들이 내 앞에 켜켜이 쌓여갔다. 나는 아이들이 서가를 거닐며 한 권 한 권 책을 고르는 과정을 무심히 지켜볼 뿐이었다. 이미 공원에서 실컷 놀았기 때문에 지쳐 있었고, 무엇보다 개방된 공간 특성상 집중하기도 어려울 터. '가져온 책을 꼭 다 읽어야 하는 것은 아니니까' 나는 쉽게 생각했다.

문득 조용하고 작은 방 안에 일곱 살가량의 어린 아들과 엄마의 실랑이가 선명하게 전해졌다. 엄마는 아들에게 봄에 피어나는 식물들에 대해 알려 주려고 작정한 것 같았다. 겨울을 이겨낸 꽃들이 등장하는 서정적인 그림책 대여섯 권과 도감이 쌓여 있었고, 아이에게 손가락으로 짚은 꽃 이름이 뭔지 수시로 질문했다. 아이의 얼굴은 점점 빨갛게 달아올랐다.

"너 왜 그래? 아까 초콜릿 두 개 먹었으면서. 세 권 읽기로 약속했잖아. 아, 덥다. 옷 벗어."

초콜릿까지 먹었으니 약속한 세 권은 읽어야 하지 않겠냐는 것인데, 지금 읽고 있는 종류의 책이 얼마나 지루할지. 나라도 그런 주입식 책은 감당하지 못할 것 같았다.

가까이 붙어 있었기에 의도치 않게 모자의 상황을 엿듣게 되었고 안타까운 마음이 컸지만 개입할 용기는 없었다. 다만 승호가 가져온 책을 크게 하품까지 해 가며 건성건성 읽기 시작했다. 가끔은 이렇게 게으름 피우며 읽을 수도 있다고 보여주려고. 안타깝게도 나의 연기는 전혀 관심을 끌지 못했고 엄마의 의지는 꺾이지 않았다. 얼마 후 아들이 '세수하고 오겠다'는 얘기에 간신히 휴지기를 맞았을 뿐. 찬물로 얼굴을 씻으며 마음마저 달랬을까, 돌아온 아들은 인내하며 엄마의 가르침에 고개를 끄덕였고 열심히 대답하려고 노력했다. 엄마의 요구를 가까스로 끝냈을 때는 코믹하고 재밌는 책을 골라와 자신에게 흥미로우면서도 책이라는 범주를 벗어나지 않아 엄마도 그럭저럭 만족시키는 시간을 이어갔다.

지금에서야 후회하는 것이지만 블록 놀이감인 몰편을 처음 샀을 때 나도 다르지 않았다. 설명서를 따라 하지 못하는 다섯 살 승호를 이해할 수 없어 다그쳤다. 지금 다섯 살 한호를 보면서 그것이 다섯 살에게 얼마나 어렵고 거의 불가능에 가까운 일이었는지 깨닫는다. 서툰 엄마, 성장주기에 대한 이해의 융통성이 부족했던 때의 실수. 그러나 모든 엄마가 매일 새로운 처음을 맞이하기 때문에 엄마의 몰이해를 마냥 탓할 수도 없을 것이다.

　신기한 건, 이 어렵고 황망한 순간을 아이들이 극복한다는 것. '나는 아직 이 단계가 아니에요'라고 그들만의 방법으로 표현하거나 때로는 견뎌내며 그 시간을 지나간다. 오늘 만난 아이처럼 돌부리를 하나하나 건너면서. 엄마들이 노력하는 것처럼 아이들도 태생적 감각을 갖고 노력하고 있었다.

여기, 그리고 지금

두꺼비집을 지으며 세상에서 가장 행복한 존재가 된 듯 웃는 아이들. 나는 아이들의 손끝에서 쌓이고 또 쉽게 무너지는 모래집을 가만히 바라보았다. 물을 조금씩 섞어 모래를 뭉치고 지붕과 터널을 단단하게 고정하고 있었다. 누군가 모래집을 먼저 보지 않고 아이들의 표정만 봤다면 황금 집이라도 짓는 줄 착각했으리. 더 푸르고, 더 세련되고, 더 안전한 곳. 창의력도, 상상력도, 체력도 자연스레 스며들 것만 같은 환경을 만들어 주지 못해 미안했는데 아이들은 '지금, 이곳'을 천국처럼 생각하는 것 같았다.

자녀를 그랜드캐니언에 데려갔지만, 그 광활함은 보지 못하고 발밑 개미에게만 정신 팔려있더라는 어느 지인의 이야기를 들었을 때 몰래 위로를 받았다. 실제로 아이들에게는 어떤 풍요로운 장치보다 그저 엄마가 있고 가족이 있는 곳이 가장 안전하고 행복한 터이리라.

정보를 수집하고 이것저것 비교해 화려한 계획을 세워도 자주 싱거운 반응을 마주했다. 승호가 7살이던 해 어느 날, 인근에 새롭게 지어진 어린이박물관에서 오전을 보내고 곧장 도시 외곽으로 이동해 아름다운 공원에서 텐트를 치고 짧은 캠핑을 하려는 계획을 세웠다. 그러나 승호는 도착하고서 불과 얼마 지나지 않아 집으로 돌아가자고 했다. 오늘은 여기서 놀자고 몇 번 설득했지만, 승호의 바람은 완고했다. 모처럼 아빠가 승호와 함께 놀아주려고 한 날, 결국은 승호 뜻을 따라야겠지 생각하며 아쉬운 마음을 접고 집으로 돌아왔다. 승호는 곧장 놀이터로 나가서 자전거를 탔다. 신나게. 두발자전거를 얼마나 잘 타는지 아빠에게 보여주고 싶었던 걸까. 승호는 일상, 그 가운데 아빠와 함께 있고 싶어 했다.

오늘도 몇 해 전과 똑같은 날, 신발을 뒤집어 털고 재밌게 놀았던 몸을 이끌고 집으로 돌아간다. 깨끗이 씻고 밥을 먹는 소소한 일상이 평안하게 기울어질 시간. 지금 내 허리춤의 작은 아이들과 이 시간을 잘 살아내면 언젠가 드넓은 도전과 환희의 세계를 만날 때 그 또한 온전히 누릴 수 있으리.

Here and Now, 여기 그리고 지금 아이들 웃음을 통해 오늘 하루를 감사하고, 내일의 하루를 기대하는 법을 배운다.

사랑하는 것을 사랑하는 데 쓴 시간

성긴 글을 모아 책으로 묶어내면서 문장을 수정하고 관련 사진을 들추는 것보다 더 많은 시간을 그저 멈추고 멈추는 데 썼다. 글과 사진 속 시절은 아득했지만 동시에 현재와 다르지 않았다. 첫째가 다섯 살이었던 때와 막내가 다섯 살이 된 지금, 살림 손길이 빨라졌고 육아 노하우도 축적되었지만 공허한 마음 또 행복에 겨워하는 마음, 나는 그사이에 그대로 있었다. 자주 반성하고 자주 다짐하는 깊은 밤 혹은 이른 새벽의 습관도 여전히.

어떤 작가들은 머리를 쥐어뜯으며 원고를 고친다는데, 나는 약간 설레는 기분이었다. 그간 개인 소셜미디어에 하루치 삶을 끼적일 때는 '시키지도 않은 일을 그저 저 좋아서 하고 있다' 는 딴짓거리에 대한 날카로운 시선을 지레짐작했다면 이번만큼은 '명백한 일'이라고 당당한 언어로 설명할 수 있었다. 스마트폰으로 문자들을 조합할 때면 아이들을 피해 기기를 등 뒤로 숨겨야 했지만, 한가득 쌓인 종이 뭉치는 그런 순발력을 요구하지도 않았다. 모서리가 너덜너덜해지면서 부피가 커지고 때론 아이들에게 그저 이면지로 인식되어 뒷면에 그림이 휘갈겨지는 것을 감내하던 원고 더미. 임신과 수유 기간을 통틀어 그러니까 꽤 오랫동안 마시지 않았지만 이제 매일 아침 끓이는 커피, 그리고 연필 몇 자루가 마치 하나의 묶음처럼 테이블 저편에 자리 잡았다.

그러나 고백하자면, 늘 목적했던 분량을 채우지 못하는 지난한 시간이었고, 간식만 꼬박꼬박 챙겨 먹다가 늘어진 뱃살에 움찔했다. 사실 테이블 위를 원고와 커피, 펜으로 그럴싸하게 맞춰 놓을 수는 있었지만, 결코 단골 카페나 작업실에서 글을 쓰는 작가들을 흉내 낼 수 없던 퇴고의 시간. 서로 엉켜 제법 잘 노는구나 싶다가도 어느새 울음이 터지고, 선반 위 유리컵을 꺼내는 아슬아슬한 까치발과 배고프다는 아우성들이 자주 나를 불러냈다. 빈번한 사형제의 침입을 무마하고자 애니메이션을 틀어 주며 시간을 벌기도 했지만, 자주 써먹기에는 주저할 수밖에 없었다.

그럼 모두가 잠든 늦은 시간을 노릴 수밖에 없었는데 그 역시 나의 편은 아니었다. 문득 낯설 만큼 고요하게 드리워진 밤에도 미처 마치지 못한 집안일에 한두 시간이 사라졌다. 온종일 게으름 없이 움직이고 거의 정리를 마친 상황이라 해도 소등한 하루의 뒤에는 컵 한두 개가 쌓여있고 마지막으로 닦고 젖은 수건들이 늘어져 있었다. 갑자기 떨어진 욕실의 화장지를 꺼내기 위해 베란다에 나갔다가 오고, 내일 먹을 음식들을 냉동실에서 꺼내고. 아침에 일어나자마자 부은 손을 물에 넣기 싫어서 사과와 고구마 같은 것을 미리 깨끗이 씻었다.

그 후 책상 앞에 앉으면 이미 노곤노곤. 책을 묶어 내겠다고 호기롭게 결정한 이후도 이전과 그러니까 첫째가 다섯 살이었던 때와 다름없었다. 그러다 소셜미디어를 통해 '엄마가 아닌 삶, 자신으로서의 삶, 여자의 삶'을 부단히 추구하고 우아하게 재도약하는 30대 후반, 40대 초반 여성들의 활약까지 곁눈질하게 되는 날에는 더욱 의기소침해져서 결국 이불 속으로 숨어들고 말았다. '변화가 없는 삶, 밋밋한 삶' 지난밤에는 지난 시간을 그렇게 서글픈 단어들로 정의했다.

불쑥 엄마로서의 일이 부치거나 속상한 날들이 은밀히 침입할 때도, 나는 스스로를 덮어주고 숨겨 줄 책을 찾으러 도서관으로 쫓아갔다. 재밌는 소설을 빌릴 수 있다면 나의 시선은 우울감에서 다른 자리로 옮겨갈 것이고, 간단한 요리책을 발견한다면 저녁을 수월하게 차리며 진을 쏟지 않을 것이다. 그렇게 서가 사이를 헤매다가 혹여나 직접적인 도움을 얻을 수 있을까, 하는 희망을 갖고 육아서 코너를 훑어볼 때면 오히려 마음이 무거워져 버렸다. '엄마표 영어, 예의바른 아이, 창의력 쑥쑥' 같은 해시태그의 책들 속에서 나는 더럭 숨이 막혔기 때문이다. 완벽한 어린이를 만들어 내려는 어린이용 자기계발서 앞에서 차마 어른인 나로서도 감당하지 못할 요구에 짓눌린 가늘고 작은 등을 상상했다.

결국 늘 그렇듯 《윤미네 집》과 《박정희 할머니의 행복한 육아일기》를 가슴에 꼭 안고 마치 음침한 숲 같던 육아서 코너를 서둘러 벗어난다. 성취에 대한 기록이 아니라 그저 존재에 대한 기록물들을 가만한 처방처럼 품고서. 거기에는 좋아하는 음식과 옷을 지어 주었던 이름들, 어린 자녀가 자주 했던 우스갯말들이 앉아 있다. 모두 지극히 사적이고 계량화할 수 없는 이야기들이다. 나의 아이들을 소재로 '어린이용 자기계발서'는 결코 쓸 수 없지만, 그저 어린이라는 존재가 그 자체로 빛나는 순간순간들은 그 누구보다 오랫동안 가까이서 목도하고 있지 않은가. 나는 어느새 어제는 불안 덩어리 같았지만 오늘은 희망이 된 내 아이들 곁으로 돌아섰다.

정혜윤의 글 중에 '자기가 사랑하는 것을 사랑하는 데 쓴 시간들'이라는 표현이 있다. 첫째의 다섯 살과 막내의 다섯 살, 물리적 환경도 정서적 상태도 그저 답보 상태인 것 같지만 이 오랜 시간들은 사실 내가 가장 사랑하는 사람들과 사랑하며 지낸 시간이었다.

　머지않아 지금의 건강과 유일무이한 표정과 늘 나를 소환해 주던 목소리를 그리워하겠지. 나는 왜 이렇게 인기가 많을까. 우리 아기들은 여전히 나를 찾네. 모두 나만 찾네.

　"엄마", "엄마?", "엄마!"로 시작하는 아침을 맞는다.

2021년 봄
오은경

사랑하는 데 쓴 시간들

1판 1쇄 인쇄 2021년 5월 6일 **1판 1쇄 발행** 2021년 5월 20일

지은이 오은경
펴낸이 정태준
편집장 자현

편 집 곽한나, 김라나, 자현
디자인 박신혜
마케팅 안세정

펴낸곳 책구름 **출판등록** 제2019-000021호
주소 전라북도 전주시 덕진구 세병로 184, 1302동 1604호
전화 010-4455-0429 **팩스** 0303-3440-0429 **전자우편** bookcloudpub@naver.com
포스트 post.naver.com/bookcloudpub **블로그** blog.naver.com/bookcloudpub
페이스북 facebook.com/bookcloudpub **인스타그램** instagram.com/bookcloudpub

©오은경 2021

ISBN 979-11-968722-1-2 03810